WILLIAM SHAKESPEARE

THEATRALISCHE WERKE

IN 21 EINZELBÄNDEN

ÜBERSETZT VON

CHRISTOPH MARTIN WIELAND

*

HERAUSGEGEBEN VON

HANS UND JOHANNA RADSPIELER

*

BAND 3

WIE ES EUCH GEFÄLLT; oder, DIE FREUNDINNEN; ein Lustspiel.

WILLIAM SHAKESPEARE

Wie es euch gefällt; oder, *die Freundinnen;* ein Lustspiel.

ÜBERSETZT
VON
CHRISTOPH MARTIN WIELAND

HAFFMANS VERLAG ZÜRICH

Im Auftrag der
Hamburger Stiftung zur Förderung von
Wissenschaft und Kultur
nach der ersten Zürcher Ausgabe
von 1762 bis 1766
neu herausgegeben von
Hans und Johanna Radspieler

Umschlagfoto: Elisabeth Bergner als Rosalind
und Laurence Olivier als Orlando;
20th Century-Fox, 1936; Regie: Paul Czinner

Konzeption und Gestaltung von
Urs Jakob, Haffmans Verlag AG, Zürich

Herstellung: Ebner Ulm
ISBN 3 251 20245 6

Wie es euch gefällt;
oder,
die Freundinnen;
ein Lustspiel.

PERSONEN DES LUSTSPIELS.

Der Herzog.
Friedrich sein Bruder, und unrechtmässiger Innhaber seines Herzogthums.
Amiens, } zwey Herren von Stande, die dem Herzog
Jaques, } in seiner Verbannung aufwarten.
Le Beu, ein Höfling des Friederichs.
Olivier, ältester Sohn von Sir Roland de Boys, der vormals ein Diener des Herzogs gewesen war.
Jacob, } jüngere Brüder von Olivier.
Orlando, }
Adam, ein alter Bedienter von Sir Roland.
Dennis, ein Bedienter von Olivier.
Carl, ein Kämpfer und Diener des Herzog Friedrichs.
Probstein, ein Pikelhäring.
Corin, } Schäfer.
Sylvius, }
Rosalinde, des Herzogs Tochter.
Celia, Friedrichs Tochter.
Phebe, eine Schäferin.
Audrey, ein Bauermensch.
Edelleute, die beyden Herzogen aufwarten; Pagen, Jäger und andre Bediente.

Die Scene ligt theils in Oliviers Hause, theils in des Herzogs Palast, und meistens im Ardenner-Wald.

Erster Aufzug.

ERSTE SZENE.

(Oliviers Baumgarten.)

Orlando und Adam treten auf.

ORLANDO.

Soviel ich mich erinnere, Adam, so war dieses die Ursache, warum mein Vater in seinem lezten Willen mir nicht mehr als armselige tausend Cronen vermacht hat. Zwar befahl er meinem Bruder bey Verlust seines Segens an, mich wol zu erziehen; aber hier beginnt mein Verdruß. Meinen Bruder Jacob unterhält er auf der Academie, und das Gerücht sagt herrliche Dinge von seinem Fortgang; mich hingegen zieht er auf eine bäurische Art zu Haus auf; oder richtiger zu reden, er sperrt mich hier ein, ohne sich um mich zu bekümmern; denn nennet ihr das Erziehung für einen Edelmann von meiner Geburt, was kaum von der Einstallung eines Ochsen unterschieden ist? Seine Pferde werden besser erzogen; denn nichts davon zu sagen, daß sie wohl gefüttert werden, so läßt er sie abrichten, und besoldet zu dem Ende eigne Bereiter mit grossen Unkosten: Ich hingegen, sein Bruder, gewinne nichts unter ihm als Wachsthum, wofür die Thiere auf seinem Mist ihm gerade soviel Dank schuldig sind als ich. Ausser diesem Nichts, welches er mir so reichlich zukommen läßt, nimmt mir sein ungebührliches Betragen noch das Etwas, das die Natur mir gab. Er läßt mich mit den Hindinnen in seinem Parc füttern, versagt mir den Plaz eines Bruders, und untergräbt soviel an ihm ist, meinen angebohrnen Adel durch meine Erziehung. Das ist es, Adam, was mich verdreußt; und der Geist meines Vaters, der, wie mich dünkt in mir ist, fängt an, wieder diese Sclaverey zu murren. Ich will sie nicht länger aushalten, ob ich izt gleich noch kein kluges Mittel kenne, sie abzuschütteln.

*

ZWEYTE SCENE.

Olivier zu den Vorigen.

ADAM.

Hier kommt mein Herr, euer Bruder.

ORLANDO.

Mache dich auf die Seite, Adam, du wirst hören, wie er mich anfahren wird.

(Adam verbirgt sich.)

OLIVIER.

Nun, junger Herr, was macht ihr hier?

ORLANDO.

Nichts; ich bin nicht gelehrt worden, irgend etwas zu machen.

OLIVIER.

Was verderbt ihr dann, Sir?

ORLANDO.

Wahrhaftig, Sir, ich helfe euch etwas verderben das Gott gemacht hat; einen armen unwürdigen Bruder von euch, und zwar vor Müssiggang.

OLIVIER.

Zum Henker, Sir, so thut etwas bessers; daß ihr die schwehre Noth kriegtet!

ORLANDO.

Soll ich eure Schweine hüten, und Kleyen mit ihnen fressen? Was für ein Erbgut hab ich wie der verlohrne Sohn verprasset, daß ich in eine so große Dürftigkeit gerathen soll?

OLIVIER.

Wißt ihr, wo ihr seyd, Sir?

ORLANDO.

O Sir! sehr wohl, hier in euerm Baumgarten.

OLIVIER.

Und wißt ihr, vor wem, Sir?

ORLANDO.

Ja besser als der vor dem ich bin, weiß wer ich bin. Ich weiß, ihr seyd mein ältester Bruder, und nach dem natürlichen Zug der Blutsfreundschaft solltet ihr mich dafür erkennen; die Gebräuche der policirten Völker geben euch Vorrechte vor mir, weil ihr der Erstgebohrne seyd; aber diese Gebräuche können mir mein Blut nicht nehmen, und wenn gleich zwanzig Brüder zwischen uns wären. Ich habe soviel von meinem Vater in mir als Ihr, ob ich gleich gestehen muß, daß ihr seinen Einkünften näher seyd als ich.

Olivier.

Wie, Bube? *(als ob er ihn schlagen wollte.)*

Orlando.

Kommt, kommt, älterer Bruder, hierinn seyd ihr zu jung.

Olivier.

Willst du Hand an mich legen, Schurke?

Orlando.

Ich bin kein Schurke; ich bin der jüngste Sohn von Sir Rowland de Boys; er war mein Vater, und der ist dreymal ein Schurke, welcher sagt, ein solcher Vater habe einen Schurken gezeugt. Wärst du nicht mein Bruder, ich wollte diese Hand nicht von deiner Gurgel nehmen, bis diese andre dir die Zunge dafür aus dem Halse gerissen hätte, daß du so sagen darfst; du hast dich selbst beschimpft.

Adam.

Meine liebe Herren, seyd zufrieden; um euers Vaters Andenken willen, vertraget euch mit einander.

Olivier.

Laß mich gehen, sag ich.

Orlando.

Ich will nicht, bis es mir beliebt; ihr sollt mich erst hören. Mein Vater legte euch in seinem lezten Willen auf, mich zu erziehen; ihr hingegen habt mich wie einen Bauer auferzogen, und mir alle Gelegenheit zu Erlangung adelicher Eigenschaften abgeschnitten. Meines Vaters Geist fängt an sich in mir aufzubäumen, und will es nicht länger so dulden; Gesteht mir also solche Beschäftigungen zu, die einem Edelmann anständig sind; oder gebt mir das armselige Erbtheil das mir mein Vater durch sein Testament gelassen hat, so will ich damit gehen und mein Glük suchen.

OLIVIER.

Und was willt du thun? Betteln, wenn du es durchgebracht hast? Sir, scheert euch hinein. Ich will mich nicht länger von euch beunruhigen lassen: ihr sollt einen Theil von euerm Willen haben. Ich bitte euch, verlaßt mich.

ORLANDO.

Ich will euch nicht weiter beschwehrlich fallen, als mein Bestes es erfordert.

OLIVIER.

Geht mit ihm, ihr alter Hund! *(zu Adam.)*

ADAM.

Ist alter Hund meine Belohnung? Es ist wohl wahr, ich habe meine Zähne in euerm Dienst verlohren. Gott tröste meinen guten alten Herrn, er würde nie kein solches Wort gesprochen haben.

(Orlando und Adam gehen ab.)

*

DRITTE SCENE.

OLIVIER.

Ist es dahin gekommen? Fangst du an mir über den Kopf zu wachsen? Ich will diesem üppigen Wuchs wehren, ohne dir tausend Cronen zu geben. Holla, Dennis.

Dennis kömmt.

DENNIS.

Ruft Euer Gnaden?

OLIVIER.

War nicht Carl, des Herzogs Fechter, hier bey euch?

DENNIS.

Ja, Gnädiger Herr, er ist noch bey der Thüre, und verlangt ganz ungestüm bey Euer Gnaden vorgelassen zu werden.

OLIVIER.

Ruf ihn herein -- Das ist ein gutes Mittel, und auf morgen ist der Wett-Kampf angestellt.

Carl erscheint.

CARL.

Ich wünsche Euer Gnaden einen guten Morgen.

OLIVIER.

Mein guter Monsieur Carl, was giebt es Neues an dem neuen Hofe?

CARL.

Keine andre Neuigkeiten am Hofe, Sir Olivier, als die alten Neuigkeiten; daß der alte Herzog von seinem jüngern Bruder, dem neuen Herzog, vertrieben ist; und daß drey oder vier Herren, die ihn lieb haben, sich selbst mit ihm freywillig ins Elend begeben haben. Ihre Ländereyen und Einkünfte bereichern den neuen Herzog, der es deswegen wohl leiden mag, daß sie gewandert sind.

OLIVIER.

Könnt ihr mir sagen, ob Rosalinde, des Herzogs Tochter, mit ihrem Vater verwiesen worden ist?

CARL.

O nein, denn des neuen Herzogs Tochter, ihre Base, liebt sie so sehr, weil sie von der Wiegen an mit einander erzogen worden, daß sie ihr entweder ins Elend nachgefolgt, oder aus Verdruß zurükzubleiben gestorben seyn würde. Sie hält sich am Hof auf, und wird von ihrem Oheim nicht minder geliebt als seine eigne Tochter; und niemals haben zwey Frauenzimmer einander geliebt, wie diese.

OLIVIER.

Wo mag sich der alte Herzog wohl aufhalten?

CARL.

Es geht die Rede, er befinde sich würklich im Ardenner-Wald, und eine Anzahl lustiger Brüder bey ihm, und sie leben dort zusammen wie der alte Robin Hood von England; man sagt, es lauffen ihm alle Tage etliche junge Edelleute zu, und bringen da ihre Zeit so sorglos hin, wie im goldnen Weltalter.

OLIVIER.

Wie ists, ihr ringet ja morgen vor dem neuen Herzog?

CARL.

Das ist nicht anders, Sir; und das ist eben der Anlaß, der mich zu euch herführt. Es ist mir heimlich zu wissen gethan worden, daß euer jüngster Bruder Orlando verkleidet auftreten, und es mit mir aufnehmen wolle; morgen, Sir, ringe ich für meine Ehre, und wer ohne ein zerbrochnes Bein von mir kommt, der wird von Glük sagen können. Euer Bruder ist noch jung und zart, und es wäre mir um euertwillen leid, ihm Schaden zu thun, wie ich doch um meiner Ehre willen thun müßte, wenn er es an mich brächte; ich kam also aus Liebe zu euch hieher, euch von der Sache Nachricht zu geben, damit ihr ihn entweder von seinem Vorsaz abhalten, oder es nicht übel nehmen möchtet, wenn ein Unglük geschieht; indem es eine Sache ist, die er selbst sucht, und die wider meinen Willen geschieht.

OLIVIER.

Carl, ich bin dir für deine Liebe zu mir verbunden, und du wirst mich dafür dankbar finden. Ich habe selbst von meines Bruders Vorhaben einige Wissenschaft gehabt, und mir unter der Hand viele Mühe gegeben, ihn davon abzurathen, aber er bleibt unbeweglich. Ich kan dir sagen, Carl, er ist der eigensinnigste junge Bursche in ganz Frankreich, voller Einbildung und Ehrgeiz, ein scheelsüchtiger Neider von jedermanns Vorzügen, und in einem heimlichen spizbübischen Anschlag wider mich, seinen leiblichen Bruder, begriffen. Bediene dich also deiner Klugheit; es wäre mir eben so lieb, du würdest ihm den Hals brechen als einen Finger. Es würde auch für dich das sicherste seyn, denn wenn du ihm nur ein kleines Notabene verseztest, oder wenn er nicht einen recht wichtigen Vortheil über dich erhält, so wird er nicht ruhen, bis er dich durch Gift oder sonst auf eine meuchelmörderische Art aus dem Weg geschaft hat; denn ob ich es gleich nicht ohne Thränen sagen kan, so muß ich es doch sagen, so jung und so ruchlos wie er wird man keinen antreffen. Ich rede noch brüderlich von ihm; aber wenn ich ihn dir anatomiren sollte wie er ist, ich müßte erröthen und weinen, und du würdest erblassen und erstaunen.

CARL.

Ich bin von Herzen froh, daß ich hieher gekommen bin. Wenn er morgen kommt, so will ich ihm seinen Lohn geben; wenn er jemals wieder allein gehen wird, so will ich das Ringen aufgeben, und hiemit sey Euer Gnaden Gott befohlen.

(Geht ab.)

OLIVIER.

Lebe wohl, mein guter Carl. Nun will ich diesen Sausewind aufreizen; ich hoffe nun seiner bald loß zu werden, denn meine Seele, ich weiß nicht warum, hasset nichts so sehr wie ihn. Und doch ist er artig; nie geschuhlt, und doch gelehrt; voll von edeln Gesinnungen, und bey allen Leuten wundersam beliebt, und in der That in solcher Achtung bey der Welt und bey meinen eignen Leuten, die ihn am besten kennen, daß mir nichts als Verachtung übrig bleibt. Aber es soll nicht lange mehr so seyn; dieser Ringer soll alles ins Reine bringen; es braucht nun nichts weiters, als daß ich den Buben in die Falle loke, und das soll izt meine Arbeit seyn.

(Geht ab.)

*

VIERTE SCENE.

Verändert sich in einen offnen Spaziergang vor des Herzogs Palast.

Rosalinde und Celia.

CELIA.

Ich bitte dich, Rosalinde, meine liebe Base, sey aufgeräumt.

ROSALINDE.

Liebste Celia, ich sehe würklich aufgeräumter aus, als ich bin; und ihr wollt mich noch muntrer haben?

Wofern ihr mich nicht lehren könnt, wie ich einen vertriebnen Vater vergessen soll, so müßt ihr mich nicht aufmuntern, mich irgend eines lebhaften Vergnügens zu erinnern.

CELIA.

Ich sehe, du liebst mich nicht mit der Stärke, womit ich dich liebe. Hätte mein Oheim, dein vertriebner Vater, meinen Vater vertrieben, und du wärest nur bey mir geblieben, so könnte ich meine Liebe gelehrt haben, deinen Vater für den Meinigen zu halten; so würdest du es auch können, wenn deine Liebe zu mir so wahr und so lebhaft wäre, als die meinige zu dir.

ROSALINDE.

Nun wohlan dann, ich will meinen Zustand vergessen, um mich an dem eurigen zu vergnügen.

CELIA.

Ihr wißt, daß mein Vater kein Kind ausser mir hat, noch wahrscheinlicher Weise bekommen wird; stirbt er, so sollst du seine Erbin seyn; was er dir mit Gewalt genommen hat, das will ich dir aus Neigung wiedergeben; bey meiner Ehre, ich will; und möchte ich ein Ungeheuer werden, wenn ich diesen Eyd breche! Sey also aufgeräumt, meine liebe Rose, meine angenehmste Rose!

ROSALINDE.

Von nun an will ich es seyn, Base, und auf nichts als Kurzweile sinnen. Laß sehen, was sagt ihr vom Verliebt werden?

CELIA.

O! wahrhaftig, ich bitte dich, wenn du es versuchen willst, so laß es ja nur zur Kurzweil seyn; nur keine Mannsperson im Ernst geliebt! Und auch zur Kurzweil nicht mehr, als daß du für ein unschuldiges Erröthen mit Ehre wieder davon kommen kanst.

ROSALINDE.

Womit wollen wir uns denn eine Kurzweil machen?

CELIA.

Laß uns hinsizen, und das ehrliche Hausweib Fortuna von ihrem Rade herunter spotten, damit ihre Gaben künftig gleicher ausgetheilt werden mögen.

ROSALINDE.

Ich wünschte wir könnten's, denn sie bringt ihre Wohlthaten oft sehr ungeschikt an; und sonderlich vergreift sich das gutthätige blinde Weib in den Geschenken, die sie dem weiblichen Geschlechte macht.

CELIA.

Das ist wahr; denn diejenigen die sie schön macht, macht sie selten tugendhaft; und die sie tugendhaft macht, macht sie oft sehr wenig geschikt, Begierden zu erregen.

ROSALINDE.

Um Vergebung! du versteigst dich aus der Sphäre der Fortuna in der Natur ihre; das Glük herrscht in den Gütern der Welt, nicht in den Lineamenten der Natur.

Probstein, ein Harlequin, tritt auf.

CELIA.

Hem! Wenn die Natur eine schöne Creatur macht, kan sie nicht durch einen Zufall der Fortuna ins Feuer fallen? Ob uns gleich die Natur Wiz gegeben hat, ihre Nebenbuhlerin auszuzischen, hat nicht Fortuna diesen Narren hergeschikt, meinem Einfall den Kopf abzuschneiden?

ROSALINDE.

In der That, dann ist Fortuna der Natur überlegen, wenn sie den natürlichen Sohn (*) der Natur dazu gebraucht, dem Wiz der Natur den Kopf abzuschneiden.

CELIA.

Vielleicht ist auch das nicht einmal ein Werk der Fortuna, sondern der Natur; die, weil sie merkte, daß unser natürlicher Wiz zu dumm sey von solchen Göttinnen zu urtheilen, diesen Thoren *(Natural)* hergeschikt, unsern Wiz zu wezen; denn Dummheit ist allemal der Wezstein wiziger Köpfe. Wie gehts, wiziger Kopf, wo stolpert ihr hin?

HARLEQUIN.

Fräulein, ihr sollt zu euerm Vater kommen.

CELIA.

Hat man euch zum Boten gemacht?

HARLEQUIN.

Nein, bey meiner Ehre, aber man befahl mir zu euch zu gehen.

ROSALINDE.

Wer lehrte euch diesen Schwur, Narr?

HARLEQUIN.

Ein gewisser Junker, der bey seiner Ehre schwur, die Pfannkuchen wären gut, und schwur bey seiner Ehre, der Senf tauge nichts. Nun will ich dafür stehen, daß die Pfannkuchen nichts taugten, und der Senf gut war; und doch hatte der Junker nicht falsch geschwohren.

(*) Der sehr unächte Wiz, der in diesem spizfündigen Wortwechsel herrschet, dreht sich um ein paar Wortspiele die sich in unsrer Sprache nicht ausdruken lassen: *Natural* heißt im Englischen natürlich, und als ein *Substantivum* auch ein Thor.

CELIA.

Wie beweißt ihr das, mit aller der ungeheuren Menge Verstand, die ihr habt?

ROSALINDE.

Ey ja, bey meiner Treu; nun gebt eurer Weisheit die Sporen!

HARLEQUIN.

Seyd ihr alle beyde wider mich? Streicht euer Kinn, und schwört bey euern Bärten, daß ich ein Schurke sey.

CELIA.

Bey unsern Bärten, wenn wir welche hätten; du bist einer.

HARLEQUIN.

Bey meiner Schurkenschaft; wenn ich sie hätte, dann wär' ichs; aber wenn ihr bey etwas schwört das nicht ist, so habt ihr nicht falsch geschwohren; eben so schwur der Junker nicht falsch, da er bey seiner Ehre schwur, denn er hatte nie keine; oder wenn er eine gehabt, so hatte er sie schon längst weggeschwohren, eh er diese Pfannkuchen und diesen Senf zu Gesichte kriegte.

CELIA.

Ich bitte dich, wer ist der, den du meynst.

HARLEQUIN.

Einer, den der alte Frize, euer Vater, lieb hat.

ROSALINDE.

So nimm dich in Acht, wenn du von ihm sprichst; oder du könntest dieser Tagen einmal für dein böses Maul eine gute Tracht Stokschläge bekommen.

HARLEQUIN.

Desto schlimmer, daß Narren nicht weislich reden dürfen, was weise Leute närrisch thun.

CELIA.

Bey meiner Treu, du sagst die Wahrheit; seit dem man dem Bißgen Wiz der Narren das Stillschweigen auferlegt hat, seit dem macht das bißgen Narrheit der gescheidten Leute einen grossen Lerm; hier kommt Monsieur Le Beu.

*

FÜNFTE SCENE.

Le Beu, die Vorigen.

ROSALINDE.

Mit einem Maul voll Neuigkeiten.

CELIA.

Die er uns einschoppen wird, wie die Dauben ihren Jungen das Futter.

ROSALINDE.

So werden wir den Kropf voll Neuigkeiten kriegen.

CELIA.

Nur desto besser, wir sind dann desto verkäuflicher. *Bon jour, Monsieur le Beu*, was Neues?

LE BEU.

Schöne Princessin, sie haben eine hübsche Kurzweile versäumt.

CELIA.

Kurzweil? von was für Farbe?

LE BEU.

Was für Farbe, Madam? Wie soll ich das beantworten?

ROSALINDE.

Wie Wiz und Glük es geben.

HARLEQUIN.

Oder wie das Schiksal will.

CELIA.

Wohl gegeben, das war wie mit einer Kelle angeworfen.

HARLEQUIN.

Mit Erlaubniß, wenn ich nicht in meiner Ordnung bleibe --

CELIA.

Du verliehrst deine Spur. *(Wortspiele im Original.)*

LE BEU.

Sie sezen mich in Verwundrung, Lädies; ich wollte Ihnen von einem hübschen Wettkampf erzählen, den Sie versäumt haben.

ROSALINDE.

Erzählt uns also, wie es dabey zugegangen.

LE BEU.

Ich will Ihnen den Anfang erzählen, und wenn es Eucr Gnaden beliebt, können Sie das Ende selbst sehen; denn das beste ist noch zu thun, und die Kämpfer werden hieher kommen, den Streit auszumachen.

CELIA.

Gut, der Anfang ist todt und begraben.

LE BEU.

Hier kommt ein alter Mann, und seine drey Söhne --

CELIA.

Das fängt sich an, wie ein altes Mährchen.

LE BEU.

Drey wakere junge Männer, von schönem Wuchs und Ansehen --

ROSALINDE.

Mit Hellebarden auf ihren Schultern --

HARLEQUIN.

Kund und zu wissen sey hiemit durch diesen Brief --

(Wieder ein Wortspiel.)

LE BEU.

Der Aelteste von den dreyen rang mit Carl dem Ringer des Herzogs; aber Carl warf ihn im Augenblik zu Boden, und zerbrach ihm drey Rippen, so daß wenig Hoffnung für sein Leben übrig ist; eben so bediente er auch den andern und den dritten; dort ligen sie bey einander, indeß daß der arme alte Mann, ihr Vater, ein so erbärmliches Wehklagen über sie erhebt, daß niemand von den Umstehenden sich des Weinens enthalten kan.

ROSALINDE.

(Einen unarticulirten Ton des Mitleidens.)

HARLEQUIN.

Aber wo ist denn die Kurzweile, die diese Damen verlohren haben?

LE BEU.

Hem, eben das wovon ich rede.

HARLEQUIN.

Man wird doch mit jedem Tage gescheidter. Heut ist das erste mal daß ich höre, daß Rippenbrechen eine Kurzweile für Damen ist.

CELIA.

Und ich, das kan ich dir sagen.

ROSALINDE.

Ist dann noch jemand, der Lust hat sich seine Rippen brechen zu lassen? Wollen wir diesem Wettkampf zusehen, Base?

LE BEU.

Sie können nicht anders, wenn Sie hier bleiben; denn hier ist der Ort, der zu dem Gefecht bestimmt ist, und es wird so gleich den Anfang nehmen.

*

SECHSTE SCENE.

Trompeten. Herzog Friedrich, einige Herren vom Hofe, Orlando, Carl, und Bediente.

HERZOG.

So kommt dann, weil der junge Mensch sich nicht abschreken lassen will; er mag sein Unglük seiner Vermessenheit zuschreiben.

ROSALINDE.

Ist jener der Mann?

LE BEU.

Eben er, Madame.

CELIA.

Ach, er ist zu jung; und doch hat er die Mine eines, der zu siegen gedenkt.

HERZOG.

Wie stehts, Tochter und Base, seyd ihr hieher gekommen dem Ringen zuzusehen?

ROSALINDE.

Ja, mein Gebietender Herr, wenn es euch nicht entgegen ist.

HERZOG.

Ihr werdet wenig Vergnügen dabey haben, das kan ich euch vorher sagen. Es giebt doch seltsame Leute; aus Mitleiden mit des Ausforderers Jugend, wollt' ich ihn gerne abrathen; aber er will sich nicht weisen lassen. Redet ihr mit ihm, Lädyes, versucht ob ihr ihn vielleicht bewegen könnt.

CELIA.

Ruft ihn hieher, Monsieur le Beu.

HERZOG.

Thut es, ich will nicht dabey seyn.

(Geht auf die Seite.)

LE BEU.

Herr Ausforderer, die Princessinnen wollen mit euch sprechen.

ORLANDO.

So erfordert meine Pflicht, ihnen aufzuwarten.

ROSALINDE.

Junger Mensch, habt ihr Carl den Kämpfer heraus gefordert?

ORLANDO.

Nein, schöne Princessin; er ist der allgemeine Herausforderer; ich komme nur, wie ein andrer, meine Stärke gegen ihn zu versuchen.

CELIA.

Junger Herr, eure Geister sind zu kühn für euere Jahre; ihr habet grausame Proben von der Stärke dieses Mannes gesehen. Wenn ihr euch selbst mit unsern Augen sehen, oder euch mit unsrer Beurtheilung prüfen könntet, so würde die Furcht eines unglüklichen Zufalls euch eine Unternehmung rathen, wo die Partie nicht so ungleich wäre. Wir bitten euch um eurer selbst willen, unterlasset diesen Versuch, und erwählet das Sicherste.

ROSALINDE.

Thut es, junger Mann; eure Ehre soll nicht darunter leiden; wir wollen uns von dem Herzog ausbitten, daß der Zweykampf nicht vor sich gehen soll.

ORLANDO.

Ich bitte euch, strafet mich nicht mir euerm Unwillen, ob ich mich gleich darinn schuldig erkennen muß, daß ich so schönen und grossen Damen irgend etwas abschlage. Lasset nur eure schönen Augen und eure günstigen Wünsche mich zu meinem Probe-Stük begleiten; werd ich darinn beschädiget, so ist nur einer unglüklich der niemals glüklich war; werd' ich getöddtet, so ist nur einer todt, der des Lebens überdrüssig ist; ich werde dadurch meinen Freunden kein Leid verursachen, denn ich habe niemand der mich betraure;

und der Welt kein Unrecht thun; denn ich habe nichts in derselben, ausser daß ich einen Plaz ausfülle, der gar leicht mit einem bessern besezt werden kan, wenn ich ihn ledig gemacht habe.

ROSALINDE.

Ich wollte, daß ich euch die wenige Stärke die ich habe, zu der eurigen geben könnte.

CELIA.

Und die meinige, die ihrige zu ergänzen.

ROSALINDE.

Gehabt euch wohl; gebe der Himmel, daß ich mich mit euch betrüge.

ORLANDO.

Möchten alle Wünsche eures Herzens erfüllt werden --

CARL.

He, wo ist der junge Wagehals, der so begierig ist, bey seiner Mutter Erde zu liegen?

ORLANDO.

Hier ist er, Sir; aber sein Wille hat eine anständigere That vor.

HERZOG.

Ihr werdet nur einmal fallen.

CARL.

Ich stehe Euer Gnaden davor, daß ihr ihn zu keinem zweyten bereden sollet, nachdem ihr ihn so ernstlich von dem ersten abgemahnet habet.

ORLANDO.

Ihr gedenket meiner hernach zu spotten, und solltet also nicht vorher gespottet haben -- Aber nehmt euern Stand.

Rosalinde.

Nun stehe Hercules dir bey, junger Mann.

Celia.

Ich wollt ich könnte mich unsichtbar machen, um den nervichten Gesellen beym Bein zu nehmen.

(Sie kämpfen.)

Rosalinde.

O! vortreflicher junger Mensch!

Celia.

Ich kan euch sagen, wer zu Boden müßte, wenn ich einen Donnerkeil in meinem Auge hätte.

(Carl wird zu Boden geworfen.)

Herzog.

Nicht weiter, nicht weiter.

Orlando.

Ja, wenn ich Euer Gnaden bitten darf; ich bin dieses Spiels noch nicht gewohnt.

Herzog.

Wie stehts mit dir, Carl?

Le Beu.

Er kan nicht sprechen, Gnädigster Herr.

Herzog.

Traget ihn hinweg. Wie ist dein Nahme, junger Mann?

Orlando.

Orlando, mein Gebietender Herr, der jüngste Sohn von Sir Roland de Boys.

Herzog.

Ich wollte, du wärest eines jeden andern Mannes Sohn

gewesen. Die Welt hielt deinen Vater für einen braven Mann, aber ich fand ihn allezeit meinen Feind. Du würdest mir durch diese That besser gefallen haben, wenn du aus einem andern Hause abstammtest. Doch lebe wohl, du bist ein wakerer Jüngling; ich wollte du hättest mir einen andern Vater genannt --

(Der Herzog und sein Gefolge gehen ab.)

*

SIEBENDE SCENE.

Celia, Rosalinde und Orlando bleiben.

CELIA.

Würd' ich das thun, Base, wenn ich mein Vater wäre?

ORLANDO.

Ich bin stolz darauf, Sir Rolands Sohn zu seyn, und wollte diesen Titel nicht vertauschen, um der angenommene Erbe Friederichs zu seyn.

ROSALINDE.

Mein Vater liebte Sir Rolanden wie seine Seele, und alle Welt hatte meines Vaters Gesinnung. Hätte ich vorher gewußt, daß dieser junge Mann sein Sohn wäre, ich würde Thränen zu meinen Bitten gefügt haben, eh ich gestattet hätte, daß er sich so wagen sollte.

CELIA.

Liebste Base, wir wollen ihm etwas sagen das ihn wieder aufmuntert; meines Vaters rauhe und eifersüchtige Gemüthsart kränkt mich in der Seele -- Sir, ihr habt euch wohl gehalten. Wenn ihr eure Versprechungen in der Liebe so gut haltet, als ihr bey dieser Gelegenheit mehr geleistet als ihr versprachet, so wird eure Gebieterin glüklich seyn.

ROSALINDE.

(Indem sie ihm eine Kette von ihrem Halse giebt.)

Traget dieses zum Angedenken von einer, die mit dem Glük zerfallen ist, und mehr geben könnte, wenn es ihrer Hand nicht an Mitteln fehlte. Wollen wir gehen, Base?

CELIA.

Ja, lebet wohl, schöner Jüngling.

ORLANDO.

Kan ich nicht sagen, ich danke euch? - - Meine bessere Kräfte ligen alle danieder; und das, was hier stehet, ist nur eine Quintaine, (*) ein blosser lebloser Kloz.

ROSALINDE.

Er ruft uns zurük. Mein Stolz ist mit meinem Glük gefallen, ich will ihn fragen, was er will. Ruftet ihr Sir? Sir, ihr habt gut gekämpfet, und mehr als eure Feinde überwunden.

(*) Eine Quintaine war ein Pfahl, der für verschiedene martialische Uebungen aufgerichtet wurde, um mit Lanzen oder Wurfpfeilen darnach zu werfen. Die Anspielung ist schön. »Ich bin, sagt Orlando, nichts als eine Quintaine, ein lebloser Klotz, an dem die Liebe ihre Waffen bloß zur Kurzweil übet; da die grosse Ungleichheit des Standes zwischen Rosalinde und mir, nicht erlaubt zu hoffen, daß die Liebe jemals etwas ernsthaftes daraus machen werde.« Der berühmte Satyren-Schreiber *Regnier* braucht eben diese Metapher bey gleichem Anlas, obgleich der Gedanke verschieden ist:

Et qui depuis dix ans, jusqu'en ses derniers jours,
A soutenu le prix en l'escrime d'Amours,
Lasse enfin de servir au peuple de Quintaine, &c.

CELIA.

Wollt ihr gehen, Base?

ROSALINDE.

Wie eilfertig? Lebet wohl!

(Rosalinde und Celia gehen ab.)

ORLANDO.

Was für eine Leidenschaft hängt diese Gewichter an meine Zunge! Ich kan kein Wort zu ihr hervorbringen, und es schien, als ob sie mir was zu sagen hätte.

Le Beu tritt auf.

O! armer Orlando! du bist überwunden. Carl, oder etwas noch schwächers, bemeistert dich.

LE BEU.

Mein lieber Herr, ich rathe euch als ein Freund, diesen Ort zu verlassen. So viel Lob, Beyfall und Liebe ihr auch verdient habt, so sind doch die Umstände des Herzogs nun einmal so, daß ihn alles was ihr gethan habt, mißtrauisch macht. Der Herzog ist läunisch; in der That, es schikt sich besser für euch zu errathen was er ist, als für mich, es zu sagen.

ORLANDO.

Ich danke euch, Sir, und bitte, sagt mir nur diß einzige, welche von den beyden Damen, die hier beym Kampf zugegen waren, ist des Herzogs Tochter?

LE BEU.

Keine von beyden, wenn man nach ihren Sitten urtheilen sollte; aber in der That ist die kleinere seine Tochter; die andre ist es von dem vertriebnen Herzog, und wird hier von ihrem Oheim zurükbehalten, um seiner Tochter Gesellschaft zu leisten, denn sie lieben einander noch zärtlicher als wenn sie leibliche Schwestern wären. Ich kan euch aber sagen, daß der Herzog seit kurzem einen Unwillen auf seine liebenswürdige Nichte geworfen hat, ohne einen andern Grund dazu zu haben, als daß das Volk sie ihrer Tugenden wegen rühmt, und um ihres guten Vaters willen Mitleiden mit ihr hat; und bey meinem Leben, sein Groll gegen die junge Dame wird in kurzem ausbrechen. Sir, lebet wohl. In einer bessern Welt als diese ist, würde ich mich um eine nähere Bekantschaft mit euch bewerben.

(Geht ab.)

ORLANDO.

Ich bleibe euch sehr verbunden; lebet wohl! So muß ich dann aus dem Rauch ins Erstiken; von einem tyrannischen Herzog zu einem tyrannischen Bruder: Aber, o himmlische Rosalinde! --

(Geht ab.)

*

ACHTE SCENE.

(Ein Zimmer in dem Palast.)

Celia und Rosalinde.

CELIA.

Wie, Base, wie, Rosalinde? Cupido steh uns bey! Nicht ein Wort?

ROSALINDE.

Nicht eines, nur einem Hunde nachzuwerfen.

CELIA.

Nein, deine Worte sind zu kostbar, um den Hunden nachgeworfen zu werden; wirf mir einige zu - - komm, wir wollen auch mit einander kämpfen, lähme mich mit deinem Wiz.

ROSALINDE.

Dann wären zwoo Basen auf einmal verlohren, wenn die eine von wizigen Einfällen lahm, und die andre gar närrisch würde, ohne zu wissen warum.

CELIA.

Aber ist alles das für deinen Vater?

ROSALINDE.

Nein, etwas davon ist für meines Vaters Tochter. O! wie voller Disteln ist diese Werkeltags-Welt!

CELIA.

Es sind nur Kletten, die man dir in einer Feyrtags-Schäkerey angeworfen hat; wenn wir nicht auf dem gebahnten Weg gehen, so würden sie uns an den Unter-Röken hängen bleiben.

ROSALINDE.

Dann könnt' ich sie abschütteln, diese Kletten sind in meinem Herzen.

CELIA.

So huste sie weg.

ROSALINDE.

Der Versuch würde vergeblich sein.

CELIA.

Komm, komm, du must mit deinen Leidenschaften kämpfen.

ROSALINDE.

O! sie nehmen die Partey eines bessern Kämpfers als ich bin.

CELIA.

Nun, der Himmel steh dir bey! du scheinst es bey Zeiten wagen zu wollen, und wenn es auch einen Fall kosten sollte -- Aber wir wollen diesen Scherzen den Abschied geben, und einmal in rechtem Ernst mit einander sprechen; ist es möglich, daß ihr so urplözlich in eine so heftige Neigung zu des alten Sir Rolands jüngstem Sohn fallen konntet?

ROSALINDE.

Der Herzog mein Vater liebte seinen Vater höchlich.

CELIA.

Folgt es also, daß ihr seinen Sohn höchlich lieben müßt? Auf diese Art müßte ich ihn hassen; denn mein Vater haßte seinen Vater höchlich; und doch hass' ich den Orlando nicht.

ROSALINDE.

Nein im Ernst, hasset ihn nicht, um meinetwillen.

CELIA.

Wie könnt ich? Ist er nicht liebenswürdig?

ROSALINDE.

Lasset mich ihn deßwegen lieben, und liebet ihr ihn, weil ich ihn liebe -- Seht, hier kommt der Herzog.

CELIA.

Mit Augen voll Grimm.

*

NEUNTE SCENE.

Der Herzog und einige Hofleute.

HERZOG.

Madam, pakt eure Sachen so schleunig zusammen als ihr euch lieb habt, und entfernt euch von meinem Hof.

ROSALINDE.

Ich, Oheim?

HERZOG.

Ihr, Nichte. Wofern du binnen diesen zehen Tagen unserm Hoflager nur so nah als zwanzig Meilen gefunden wirst, so bist du des Todes.

ROSALINDE.

Ich bitte Euer Gnaden, lasset mich die Kenntniß meines Verbrechens mit mir nehmen: Wenn ich mich selbst verstehe, oder meine eignen Neigungen kenne; wenn ich anders nicht träume, oder verrükt bin, (wie ich gewiß glaube, daß ich nicht bin,) so hab ich Euer Gnaden niemal nur mit einem ungebohrnen Gedanken beleidigt.

HERZOG.

So reden alle Verräther. Wenn Worte sie rein machen könnten, so wären sie alle so weiß als die Unschuld selbst. Laß es dir genug seyn, daß ich dir nicht traue.

ROSALINDE.

Euer Mißtrauen kan mich doch nicht zum Verräther machen. Sagt mir, was euch zu solchen Gedanken veranlaßt?

HERZOG.

Du bist deines Vaters Tochter, das ist genug.

ROSALINDE.

Das war ich, als Euer Gnaden ihm sein Fürstenthum nahmen; das war ich, als Euer Gnaden ihn verbanneten; Verrätherey ist nichts das angeerbt wird, Mylord; und gesezt, wir könnten sie von unsern Freunden erben, was geht das mich an? Mein Vater war kein Verräther: Mißkennet mich also nicht so sehr, mein gütiger Gebieter, zu denken daß ich eine Verrätherin seyn müsse, weil ich arm bin.

CELIA.

Theurer Souverain, höret mich reden --

HERZOG.

Nur um euertwillen, Celia, haben wir sie hier geduldet; sonst hätten wir sie mit ihrem Vater fortbefördert.

CELIA.

Ich bat euch nicht, sie hier zu lassen; es war euer eigner Wille, und vielleicht eine Würkung der Vorwürfe, die ihr euch zu machen hattet; ich war damals noch zu jung, ihren Werth zu schäzen; aber izt kenne ich sie; wenn sie eine Verrätherin ist, so bin ich's auch: Wir haben immer bey einander geschlafen, sind mit einander aufgestanden, haben mit einander gelernt, gespielt, gegessen; und wohin wir giengen, da giengen wir, gleich der Juno Schwanen, gepaart und unzertrennlich.

HERZOG.

Sie ist dir zu fein; ihr sanftes Wesen, ihre Geduld und ihr Stillschweigen selbst reden zu dem Volk, und gewinnen ihr Mitleiden: Du bist eine Närrin; sie raubt dir deinen Namen, und du wirst desto mehr glänzen, und vollkommner scheinen, wenn sie weg ist; öffne also deine Lippen nicht; mein Urtheil-spruch ist unwiderruflich, sie ist verbannet.

CELIA.

So sprechet dieses Urtheil auch über mich aus, mein gebietender Herr; ich kan nicht ohne ihre Gesellschaft leben.

HERZOG.

Ihr seyd eine Närrin -- Ihr, Nichte, versehet euch mit dem Nöthigen; wenn ihr die gesezte Zeit überschreitet, so schwöre ich euch bey meiner Ehre, und bey der Grösse meines Worts, ihr sterbet.

(Herzog und Gefolge geht ab.)

*

ZEHENDE SCENE.

CELIA.

O meine arme Rosalinde, wohin willt du gehen? -- Wollen wir unsre Väter tauschen? Ich gebe dir den meinigen -- ich bitte dich, sey nicht trauriger als ich.

ROSALINDE.

Ich habe mehr Ursache.

CELIA.

Du hast nicht, Base, ich bitte dich, sey munter; weist du nicht, daß der Herzog mich, seine Tochter, verbannt hat?

ROSALINDE.

Das hat er nicht.

CELIA.

Nicht? hat er nicht? So hat Rosalinde die Liebe nicht, die mich lehrt, daß du und ich Eines sind? Sollen wir getrennet werden? Sollen wir scheiden, du holdes Mädchen? Nein, mein Vater mag sich einen andern Erben suchen. Ueberlege nur mit mir, wie wir entfliehen können, wohin wir gehen, und was wir mit uns nehmen wollen; und denke nicht, daß du deine Last allein tragen, und mich zurük lassen wollest; denn, bey diesem Himmel, der izt über unserm Kummer trübe wird, du magst sagen was du kanst, ich begleite dich.

ROSALINDE.

Und wohin wollen wir dann gehen?

CELIA.

In den Ardenner-Wald, meinen Oheim aufsuchen.

ROSALINDE.

Ach! wie gefährlich ist das für zwoo Mädchen wie wir sind, so weit zu reisen. Schönheit lokt schneller Diebe herbey, als Gold.

CELIA.

Ich will mich in einen armseligen und gemeinen Anzug verkleiden, und mein Gesicht mit einer Art von Röthel bemahlen; thu du das gleiche, so werden wir unsre Strasse ziehen, und keinen Anfall zu besorgen haben.

ROSALINDE.

Wär es nicht besser, weil ich mehr als von mittler Grösse bin, wenn ich mich ganz in eine Manns-Person verkleidete; einen hübschen Hirschfänger an meine Hüfte, einen Jagdspieß in meine Hand, und (in meinem Herzen mag soviel weibliche Zaghaftigkeit verborgen ligen als nur will) ein eisenfresserisches Aussehen dazu, wie manche männliche Memmen haben, denen man nicht ansehen sollte, was sie sind.

CELIA.

Wie soll ich dich nennen, wenn du eine Mannsperson bist?

ROSALINDE.

Ich will keinen schlechtern Namen haben, als Jupiters Page; ihr müßt mich also Ganymedes nennen; aber wie wollt ihr, daß man euch heisse?

CELIA.

Etwas das sich auf meinen Zustand beziehet; nicht mehr Celia, sondern Aliena.

ROSALINDE.

Aber wie wär es, Base, wenn wir den närrischen Burschen von unsers Vaters Hofe stehlen würden? Würd er uns nicht auf unsrer Wanderschaft die Zeit verkürzen?

CELIA.

Er würde mit mir durch die ganze weite Welt gehen. Ueberlaß es mir, ihn zu werben. Wir wollen gehen, und unsre Juweelen und Kostbarkeiten zusammen machen, die bequemste Zeit und den sichersten Weg ausforschen, und uns der Verfolgung entziehen, die auf unsre Flucht erfolgen wird. Sey zufrieden, meine Liebe; wir gehen in die Freyheit, nicht ins Elend.

Zweyter Aufzug.

ERSTE SCENE.

(Der Ardenner-Wald.)

Der Alte Herzog, Amiens, und zween oder drey andre Edelleute treten als Jäger auf.

A. HERZOG.

Nun, meine Brüder und Theilnehmer an der Verbannung, hat nicht die lange Gewohnheit dieses Leben uns angenehmer gemacht, als jenes von geschminktem Pomp? Sind nicht diese Wälder freyer von Gefahr, als der neidische Hof? Hier fühlen wir nichts als die allgemeine Straffe Adams, die Ungleichheit der Jahrszeiten, und die beeißten Klauen, und das unfreundliche Keiffen des Winter-Winds; und doch, indem er mich beißt und mich so rauh anfährt, daß ich vor Kälte schaudre, lächle ich und denke: das ist keine Schmeicheley; dieses sind Räthe, die mich auf eine fühlbare Art überzeugen, wer ich bin. Heilsam ist der rechte Gebrauch der Widerwärtigkeit, die, gleich der Kröte, zwar scheulich und giftig, doch ein kostbares Kleinod in ihrem Haupte trägt. Dieses unser Leben, frey vom Zwang der Gesellschaft, findet Zungen in Bäumen, Bücher in den rennenden Bächen, Predigten in Steinen, und Gutes in jedem Dinge.

AMIENS.

Ich wollt es um kein andres tauschen. Euer Gnaden ist glüklich, der Härte des Glüks einen so gelassenen und angenehmen Schwung geben zu können.

A. HERZOG.

Komm, wollen wir gehen und Wildpret schiessen? Und doch verdrießt mich's, daß die armen schekichten Narren, die doch gebohrne Bürger dieser einöden Stadt sind, in ihren eignen Grenzen ihre Sicherheit und ihr Leben verliehren sollen.

I. EDELMANN.

In der That, Gnädiger Herr, der schwehrmüthige Jaques traurt hierüber, und schwört, daß ihr in diesem Stük ein grössrer Tyrann seyd als euer Bruder, der euch vertrieben hat: Lezthin schlichen sich Mylord von Amiens und ich unbemerkt hinter ihn, da er der Länge nach unter einer Eiche lag, deren alte Wurzeln über den Bach hervorragen, der durch diesen Wald rauschet; indem kam ein armer verscheuchter Spieß-Hirsch, der eine Wunde vom Jäger bekommen hatte, hieher zu schmachten; und in der That, Mylord, das arme Thier ächzte so bange Seufzer heraus, daß bey jedem seine gewaltsam ausgedehnte Brust hätte bersten mögen, indem die Thränen in grossen runden Tropfen einander über seine unschuldige Nase herab trieben; und so stund der arme behaarte Tropf, sehr aufmerksam von dem melancholischen Jaques beobachtet, an der äussersten Spize über den schnellen Waldstrom, und vermehrte ihn mit seinen Zähren.

A. HERZOG.

Aber was sagte Jaques dazu? Moralisirte er nicht über diesen Anblik?

I. EDELMANN.

O! ja, in tausend Vergleichungen: Zuerst darüber, daß es in den Strom hinein weinte, der doch keines Wassers nöthig hatte; armes Thier, sagte er, du machst ein

Testament wie die Weltleute, die demjenigen am meisten vermachen, der schon zuviel hat; hernach darüber, daß es so allein, und von seinen haarichten Freunden verlassen war; es ist recht, rief er aus, so treibt das Unglük die Fluth der Gesellschaft zurük; indem strich eine sorglose Heerde, voll von der Weide, neben ihm vorbey, und keines blieb stehen ihn zu grüssen; ja, sagte Jaques, schwärmet nur vorbey, ihr feißten und ausgefütterten Bürger, so ist eben die Mode; warum gukt ihr nach diesem armen verunglükten Tropfen hier? In diesem Ton zog er nun mit bittern Vorwürfen über das Land, die Stadt, den Hof und das ganze menschliche Leben los; und schwuhr, daß wir alle lauter Räuber und Tyrannen wären, die, was noch das ärgste ist, so gar die Thiere aus ihren von der Natur angewiesnen angebohrnen Wohnpläzen herausschreken und tödten.

A. HERZOG.

Und verliesset ihr ihn in diesen tiefsinnigen Betrachtungen?

2. EDELMANN.

Wir verließen ihn, Mylord, so eben, indem er fortfuhr, über das keuchende Thier zu weinen und Betrachtungen anzustellen.

A. HERZOG.

Zeigt mir den Ort; ich mag gerne mit ihm anbinden, wenn er in einer solchen mürrischen Laune ist; denn er ist dann voller Einfälle.

(Gehen ab.)

*

ZWEYTE SCENE.

(Verwandelt sich wieder in den Palast.)

Herzog Friederich, und Hofleute.

HERZOG.

Kan es möglich seyn, daß sie niemand sah? Unfehlbar sind einige Verräther an meinem Hofe in diesem Complot gewesen.

1. HOFJUNKER.

Ich kan nichts davon erfahren, daß jemand sie gesehen haben sollte. Ihre Kammer-Frauen brachten sie zu Bette, und morgens um Aufstehens-Zeit fanden sie es leer.

2. HOFJUNKER.

Mylord, der närrische Bauer, über dessen Einfälle Euer Gnaden so oft zu lachen pflegte, wird gleichfals vermißt. Hesperia, der Princessin Kammer-Fräulein, bekennt, daß sie heimlich zugehört habe, wie eure Tochter und ihre Base die Gaben und Annehmlichkeiten des Kämpfers sehr erhoben hätten, der unlängst dem nervichten Carl die Rippen brach; und sie glaubt, wohin die Princessinnen auch gegangen seyen, so werde dieser junge Mensch gewiß in ihrer Gesellschaft seyn.

HERZOG.

Schikt zu seinem Bruder, und hohlt den Burschen hieher; ist er abwesend, so bringt mir seinen Bruder; ich will schon machen, daß er ihn finden soll; thut es unverzüglich und sparet keine Nachfrage und Untersuchung, diese närrischen Flüchtlinge wieder zurük zu bringen.

*

DRITTE SCENE.

(Verwandelt sich in Oliviers Haus.)

Orlando und Adam.

ORLANDO.

Wer ist hier?

ADAM.

Wie? Mein junger Herr? O! mein lieber Herr, mein holder Herr, o ihr Denkmal von dem alten Sir Roland! wie? was macht ihr hier? Warum seyd ihr tugendhaft? Warum liebt euch das Volk? Und warum seyd ihr artig, geschikt und tapfer? Warum wart ihr so einfältig den knochichten Kämpfer des Herzogs zu überwältigen? Euer Ruhm ist zu schnell vor euch hieher gekommen. Wisset ihr nicht, Herr, daß gewissen Leuten ihre Gaben für Feinde dienen? So thun die eurigen; eure Tugenden, mein theurer Herr, sind unschuldige und heilige Verräther gegen euch. O! was für eine Welt ist das, wo die Vollkommenheit ihren Besizer vergiftet!

ORLANDO.

Wie? Was giebt es dann?

ADAM.

O! unglüklicher Jüngling, kommt nicht über diese Schwelle; der Feind aller deiner Vorzüge lebt unter diesem Dache; euer Bruder (nein, nicht Bruder; doch der Sohn - - doch nicht der Sohn; ich will ihn nicht den Sohn desjenigen nennen, den ich beynahe seinen Vater genennt hätte) hat euern Ruhm erfahren, und gedenkt diese Nacht, euer Schlaf-Zimmer in Brand zu steken; und wenn ihm dieser Anschlag fehlen sollte, so will er andre Mittel suchen, euch aus dem Wege zu räumen. Ich hörte ihn und seine Anschläge; es ist hier kein Ort zum reden, dieses Haus ist eine Mördergrube -- Verabscheuet es, fürchtet es, gehet nicht hinein.

ORLANDO.

Wie, Adam, wohin willt du denn, daß ich gehen soll?

ADAM.

Wohin es sey, wenn es nur nicht hieher ist.

ORLANDO.

Wie, willt du, daß ich gehen und meinen Unterhalt betteln soll? Oder soll ich mit einem niederträchtigen und gewaltthätigen Schwerdt ein diebisches Brod auf der Landstrasse erzwingen? Dieses müßt ich thun, oder nicht wissen was ich thun soll; das will ich aber nicht thun; lieber will ich mich der Boßheit eines blutgierigen Bruders unterwerfen.

ADAM.

Nicht so, mein lieber Herr; ich habe fünf hundert Cronen, den sparsamen Lohn den ich unter euerm Vater zurüklegte, und zu meinem Unterhalt aufbewahrte, wenn das Alter mich länger zu dienen untüchtig machen, und ungeachtet in irgend einen Winkel werfen würde; nehmet sie; und Er, der die Raben ernährt, und für den Unterhalt der Sperlinge sorget, wird die Stüze meines Alters seyn. Hier ist das Gold, nehmet es alles, und laßt mich euern Diener seyn. Wenn ich schon alt aussehe, bin ich doch stark und munter; denn in meiner Jugend mischte ich niemal hizige und gährende Säfte in mein Blut, und buhlte nie mit schaamloser Stirne um die Mittel von Schwäche und Unvermögen; deswegen ist mein Alter ein lustiger Winter, frostig, aber mild. Laßt mich mit euch gehen;

ich will euch in allen Umständen die Dienste eines jüngern Mannes thun.

ORLANDO.

O redlicher alter Mann, wie wohl zeigt sich in dir die standhafte Treue der alten Welt; als Diener aus Ergebenheit schwizten, nicht aus Gewinnsucht. Du bist nicht nach der Mode dieser Zeit, wo niemand schwizt, als für Beförderung, und sobald er diese hat, im gleichen Augenblik seinen Dienst abschüttelt. Aber, du guter Alter, du wartest einem verdorrten Baum, der für alle deine Arbeit und Sorgfalt nur nicht so viel als eine Blüthe hervortreiben kan. Doch komm, wir wollen mit einander gehen, und eh wir den Erwerb deiner Jugend verzehrt, wollen wir uns irgend eines gewissen Zustands, so gering er auch seyn mag, versichert haben.

ADAM.

Geht voraus, Herr, ich will euch mit aller Treue bis in die Grube folgen. Vom siebenzehnten Jahr bis an das achtzigste lebt' ich hier, aber werde nun nicht länger hier leben. Im siebenzehnten Jahre suchen manche ihr Gluk; im Achtzigsten ist es zu spät, wann's noch nicht gefunden ist; doch das Glük selbst kan mich nicht besser belohnen, als wohl zu sterben, und nicht als meines Herrn Schuldner zu sterben.

(Gehen ab.)

*

VIERTE SCENE.

(Der Ardenner-Wald.)

Rosalinde in eine Mannsperson verkleidet als Ganymedes, Celia als eine Schäferin unter dem Namen Aliena, und der Harlequin.

ROSALINDE.

O Jupiter, wie matt sind meine Lebensgeister!

HARLEQUIN.

Meine Geister möchten seyn was sie wollten, wenn nur meine Beine nicht so müde wären.

ROSALINDE.

Wenn ich meinem Herzen folgen wollte, so könnte ich meiner männlichen Kleidung Unehre machen, und wie ein Weib schreyen -- Doch ich muß das schwächere Werkzeug trösten; weil es die Ordnung nun einmal so mit sich bringt, daß ein Kragen und ein Paar Hosen sich gegen einen Unterrok herzhaft stellen müssen; also, guten Muth gefaßt, liebe Aliena.

CELIA.

Ich bitte euch, ertragt meine Schwäche, ich kan nicht weiter.

HARLEQUIN.

Was mich betrift so wollte ich euch lieber ertragen als tragen; und doch würd ich kein Creuz tragen, wenn ich euch trüge; denn ich denke, ihr werdet schwerlich Geld in euerm Beutel haben.

ROSALINDE.

Gut, das ist nun der Ardenner-Wald.

HARLEQUIN.

Ja; nun daß ich im Ardenner-Wald bin, bin ich nur ein

desto grössrer Narr; wie ich daheim war, war ich in einem bessern Plaz; doch Reisende müssen vor lieb nehmen.

ROSALINDE.

Das thue, mein guter Probstein; schaut, wer kommt hier? ein junger Mann und ein Alter, in einem ernsthaften Gespräch begriffen.

Corin und Sylvius treten auf.

CORIN.

Das dient zu nichts, als daß sie euch immer fort hassen wird.

SYLVIUS.

O Corin, wenn du wißtest wie ich sie liebe!

CORIN.

Ich kan mirs so halb und halb einbilden; denn ich bin einmal auch verliebt gewesen.

SYLVIUS.

Nein, Corin, da du alt bist, so kanst du dirs nicht einbilden, wenn du gleich in deiner Jugend ein so getreuer Liebhaber gewesen wärest, als jemals einer auf einem mitternächtlichen Hauptküssen geseufzt hat -- O! ich bin gewiß, daß niemals einer so geliebt hat, wie ich; aber gesezt, deine Liebe wäre der meinigen gleich gewesen, zu wie manchen lächerlichen und ungereimten Handlungen hat dich deine Leidenschaft gebracht?

CORIN.

Zu tausend, die ich wieder vergessen habe.

SYLVIUS.

O! so hast du nie von ganzem Herzen geliebt; wenn du

dich nicht der kleinsten Thorheit noch erinnerst, zu der dich jemals die Liebe trieb, so hast du nicht geliebt -- Wenn du nicht gesessen bist, wie ich izt size, und hast deinen Zuhörer mit dem Lob deiner Gebieterin ermüdet, so hast du nicht geliebt. Wenn du nicht deine Gesellschaft auf einmal abgebrochen und davon gelauffen bist, wie ich izt thue, so hast du nicht geliebt -- o! Phöbe, Phöbe, Phöbe!

(Er geht ab.)

ROSALINDE.

Ach! du armer Schäfer! Indem ich deine Wunde befühle, stosse ich auf die meinige.

HARLEQUIN.

Und ich auf die meinige; ich erinnre mich noch ganz genau, wie ich verliebt war, da zerschlug ich meinen Degen an einem Stein, und sagte ihm, das wäre für die nächtliche Aufwartung die er bey Jane Lächlerin mache; und ich erinnre mich, daß ich die Dutten der Kuh küßte, die ihre artigen knollichten Fingerchen gemolken hatten; und ich erinnre mich, daß ich eine Erbsen-Schotte an ihrer statt caressirte aus der ich zwoo Erbsen nahm, die ich ihr gab, und sagte mit weinenden Thränen, trag das zu meinem Andenken. Wir andern Liebhaber verfallen manchmal auf seltsame Sprünge; allein in der Natur ist alles sterblich, und also ist auch alle verliebte Natur sterblich in der Thorheit.

ROSALINDE.

Du sprichst gescheidter, als du selbst merkst.

HARLEQUIN.

O, ich werde meinen Verstand nicht eher merken, bis ich mir die Schinbeine an ihm zerbreche.

ROSALINDE.

Jupiter, Jupiter, dieser Schäfer liebt vollkommen nach meiner Manier.

HARLEQUIN.

Und nach der meinen; aber bey mir fängt sie an, ein wenig schimmlicht zu werden.

CELIA.

Ich bitte euch, frage doch einer von euch jenen Mann, ob er uns für Geld nicht etwas zu essen geben könnte; ich verschmachte schier.

HARLEQUIN.

Holla, ihr, Bauerlümmel!

ROSALINDE.

Sachte, Narr, er ist nicht dein Veter.

CORIN.

Wer ruft?

HARLEQUIN.

Bessre als du bist, Sir.

CORIN.

Sonst müßten sie schlechte Leute seyn.

ROSALINDE.

Still, sag ich; Guten Abend, Freund.

CORIN.

Und euch auch, mein hübscher Herr, und euch allen.

ROSALINDE.

Ich bitte dich, Schäfer, wenn für Geld und gute Worte etwas in dieser Einöde zu bekommen ist, so bring uns an einen Ort, wo wir ausruhen und etwas zu essen kriegen können; es ist hier ein junges Mädchen die von der Reise so abgemattet ist, daß sie fast verschmachtet.

CORIN.

Schöner Herr, sie daurt mich herzlich; und ich wünschte um ihretwillen mehr als um mein Selbst, daß ich in Umständen wäre, ihr zu helfen; aber ich bin eines andern Mannes Schäfer und scheere die Heerden nicht für mich die ich weide; mein Meister ist ein karger Filz, der sich wenig bekümmert durch Werke der Gastfreyheit den Weg zum Himmel zu finden; zudem sind seine Cabane, seine Heerden und Heuböden izt im Begriff verkauft zu werden, und in unsrer Schaaf-Hütte ist izt wegen seiner Abwesenheit nichts das ihr werdet geniessen können; aber sehet selbst was es ist, mit meiner Stimme sollt ihr willkommen seyn.

ROSALINDE.

Wer ist der, der seine Heerden und Weyden kauffen soll?

CORIN.

Der junge Schäfer, den ihr vor einer Weile hier sahet, und der sich wenig bekümmert, dieses oder das zu kauffen.

ROSALINDE.

Ich bitte dich, wenn es mit Ehre geschehen kan, so kauffe du die Hütte, die Triften und die Heerde; du sollt das Geld dazu von uns bekommen --

CELIA.

Und wir wollen deinen Lohn verbessern. Dieser Ort gefällt mir, mich däucht ich wollte mein Leben hier mit Vergnügen zubringen können.

CORIN.

Gewiß, das Ding ist käuflich; kommt mit mir, und wenn euch der Grund, der Nuzen und die Lebensart, auf Erkundigung ansteht, so will ich es mit euerm Gold kauffen, und euer getreuer Pachter seyn.

(Sie gehen ab.)

*

FÜNFTE SCENE.

(Verwandelt sich in eine einöde Gegend des Waldes.)

Amiens, Jaques und andre treten auf.

AMIENS *singt:*

Wer mit mir unterm grünen Baum
Zu ligen sich erfreut,
Und nach der Vögel freyem Ton
Gern seine Kehle stimmt;
Der komm hieher, hieher, hieher,
Hier soll er keinen Feind sonst sehn,
Als Winter und rauh Wetter.

JAQUES.

Mehr, mehr, ich bitte dich, mehr.

AMIENS.

Es würde euch nur melancholisch machen, Monsieur Jaques.

JAQUES.

Das ist eben was ich will, mehr, ich bitte dich, mehr; ich kan Melancholie aus einem Gesang saugen, wie eine Wiesel Eyer saugt; mehr, ich bitte dich, mehr!

AMIENS.

Meine Stimme ist heiser; sie kan euch unmöglich gefallen.

JAQUES.

Ich verlange nicht daß ihr mir gefallen sollt, ich verlange daß ihr singet, kommt, kommt, eine andre Strophe; ihr nennt es ja Strophen?

AMIENS.

Was ihr wollt, Monsieur Jaques.

JAQUES.

Ich bekümmere mich wenig um ihre Namen, -- wollt ihr singen?

AMIENS.

Weil ihr es so haben wollt, und nicht weil ich mir selbst gefalle.

JAQUES.

Wohl dann, wenn ich jemals einem Menschen danke, so will ich euch danken; aber das, was sie Complimenten heissen, däucht mich gerade wie wenn zwey Maul-Affen einander begegnen. Und wenn sich jemand so ernsthaft bey mir bedankt, so däucht mich ich hab' ihm einen Pfenning gegeben, und er bedankt sich auf Bettlers-Manier gegen mich. Kommt, singt; und ihr, die ihr nicht wollt, haltet die Mäuler --

AMIENS.

Gut, ich will das Lied aussingen; meine Herren; dekt ihr unterdessen auf, der Herzog will unter diesem Baum speisen; er hat diesen ganzen Tag zugebracht, euch zu suchen.

JAQUES.

Und ich habe den ganzen Tag zugebracht ihm auszuweichen. Er ist zu disputirisch für mich; ich denke über so manche Gegenstände als er, aber ich danke dem Himmel dafür, und mache kein solches Wesen damit. Kommt, trillert eins, kommt.

(Amiens singt abermal.)

JAQUES.

Ich will euch einen Reim über diese Melodie geben, den ich gestern meiner poetischen Ader zu troz gemacht habe.

AMIENS.

Und ich will es singen.

JAQUES.

So geht es:

Wenns irgendwo passirt,
Daß einer ein Esel wird,
Und läßt sein Haus und Hof im Stich,
Und dient dem Bruder Wunderlich
Duc ad me, duc ad me, nur zu mir her,
Da soll er Narren sehn, so groß als er.

AMIENS.

Was ist das, *duc ad me*?

JAQUES.

Es ist eine griechische Anruffung, um Narren in einen Kreis zu bannen. Ich will schlafen gehen wenn ich kan: und wenn ich nicht kan, so will ich über alle Erstgeburt von Egypten losziehen.

AMIENS.

Und ich will den Herzog aufsuchen; seine Tafel ist gedekt.

(Gehen ab.)

*

SECHSTE SCENE.

ADAM.

Mein lieber Herr, ich kan nicht weiter gehen; o! ich sterbe vor Hunger -- hier lig ich nieder, und messe mein Grab aus. Lebet wohl, mein gütiger Herr.

ORLANDO.

Wie? Adam, hast du nicht mehr Herz? leb noch ein wenig, harre noch ein wenig, und faß ein wenig Hoffnung. Wenn diese rauhe Wildniß irgend ein wildes Thier enthält, so will ich entweder seine Speise werden, oder es dir zur Speise bringen. Du bist in der Einbildung dem Tode näher als deinen Kräften nach; mir zu liebe laß dich aufmuntern; ich will gleich wieder bey dir seyn, und wenn ich dir nichts zu essen bringe, so will ich dir erlauben zu sterben. Aber wenn du stirbst eh ich wiederkomme, so werde ich böse seyn, daß du mir umsonst Mühe gemacht hast. Du lächelst -- Gut, ich will augenbliklich wieder da seyn -- Aber du ligst an der kalten Luft. Komm, ich will dich in irgend einen bedekten Ort tragen, und du sollt nicht vor Hunger sterben, wenn irgend etwas lebendiges in dieser Wüste ist. Nur munter, guter Adam.

(Gehen ab.)

*

SIEBENDE SCENE.

Der alte Herzog und Edelleute.

A. HERZOG.

Ich denke, er ist in ein Thier verwandelt worden, denn ich kan ihn nirgends in menschlicher Gestalt finden.

1. EDELMANN.

Gnädiger Herr, er ist nur eben von hinnen gegangen; er war hier aufgeräumt, weil er ein Lied singen hörte.

A. HERZOG.

Wenn er, der aus lauter Mißtönen zusammengesezt ist, musicalisch wird, so werden wir in kurzem eine Dißharmonie in den Sphären haben. Geht, sucht ihn; sagt ihm, ich möchte mit ihm sprechen.

Jaques kommt.

1. EDELMANN.

Er erspart mir die Mühe und kommt selbst.

A. HERZOG.

Wie stehts, Monsieur, was für ein Leben ist das, daß eure arme Freunde um eure Gesellschaft buhlen müssen, wie um ein sprödes Frauenzimmer? Wie? Ihr seht munter aus!

JAQUES.

Ein Narr! ein Narr! -- ich habe einen Narren in dem Walde angetroffen, einen schekichten Narren so wahr ich von Brodt lebe, ich hab einen Narren angetroffen, der sich hinlegte und sich in der Sonne wärmte, und in feinen Ausdrüken über Madame Fortuna loßzog, in feinen wohlgesezten Ausdrüken, und doch ein schekichter Narr. Guten Tag, Narr, sagte ich; Nein, Sir, sagt' er, nennt mich keinen Narren, bis mir der Himmel Glük zugeschikt hat; und da zog er eine Sonnenuhr aus der Tasche, und indem er sie mit seinen schwarzen Augen ansah, sagte er sehr weislich, die Gloke ist zehen. Hieraus können wir sehen, sagte er, wie die Welt lauft; es ist erst eine Stunde seit dem es Neune war, und in einer Stunde mehr wird es Eilfe seyn; und so reiffen und reiffen wir von Stunde zu Stunde, und dann werden wir von Stunde zu Stunde faulen und faulen, und da ist das Mährchen alle - - Wie ich den bunten Narren so über die Zeit moralisiren hörte, so fieng meine Lunge an zu krähen wie ein Gokelhahn, daß Narren so tieffe Betrachtungen sollten anstellen können; und ich lachte ohne abzusezen eine ganze Stunde, nach seiner Sonnenuhr. O edler Narr, o ehrwürdiger Narr! Ein Harlekinsrok ist die schönste Tracht.

A. Herzog.

Was für ein Narr ist das?

Jaques.

O! ehrwürdiger Narr! einer der ein Hofmann gewesen ist, und sagt, wenn Frauenzimmer nur jung und schön sind, so haben sie die Gabe es zu wissen: und in seinem Hirn, das so troken ist, als ein übergebliebner Zwiebak von einer Reise, hat er seltsame Fächer mit Beobachtungen angefüllt, die er in abgebrochnen Stüken von sich giebt. O! möchte ich doch ein Narr seyn! Mein höchster Ehrgeiz geht nach einem Harlekins-Rok.

A. Herzog.

Du sollt einen haben.

Jaques.

Es ist die einzige Kleidung, die mir anstehen wird;

vorausbedungen, daß ihr euch ein für allemal in den Kopf sezen sollt, daß ich nicht klug bin. Daneben muß ich Freyheit haben, so viel Freyheit als der Wind, anzublasen wen ich will; denn Narren haben das, und wer durch meine thörichten Einfälle am meisten gestochen wird, muß am lautesten lachen, und warum das, Sir? die Ursach ist so eben, wie ein Kirchenweg; der den ein Narr getroffen hat, würde nicht klug seyn, es mag ihn noch so sehr schmerzen, wenn er sich nicht stellte als ob er den Stich nicht empfinde -- Kurz, investirt mich in meinem Harlekins-Rok, erlaubt mir zu reden was ich denke, und ich will den siechen Körper der angestekten Welt durch und durch säubern, wenn sie meine Purganz nur geduldig einnehmen will.

A. Herzog.

Pfui dich! Ich kan sagen was du thun wirst.

Jaques.

Was, für einen Zahlpfenning, kan ich thun als gutes?

A. Herzog.

Die gröste schändlichste Sünde, indem du auf die Sünden schmählst. Denn du bist selbst ein Taugenichts gewesen, ein so sinnlicher Bube, als man immer in einem B**l finden mag; und alle die Schwähren und Eiterbeulen, die du von deiner wilden Lebensart davon getragen hast, wolltest du izt der ganzen Welt anhängen?

Jaques.

Wie? wer schreyt über Hochmuth, der hierinn jemand insbesondere tadle? Schwillt er nicht so hoch auf als die See, so lange bis die erschöpften Mittel ihn eben machen? Welches Frauenzimmer in der Stadt nenne ich, wenn ich sage, die Stadt-Frauenzimmer tragen die Einkünfte eines Fürsten auf unwürdigen Schultern? Wo kan eine kommen und sagen, daß ich sie meyne, wenn ihre Nachbarin eben so ist, wie sie? Oder wer ist der zu mir sagen kan, seine Hoffart gehe nicht auf meine Rechnung, wenn er sich einbildet ich habe ihn gemeynt? Wie denn, laßt sehen, worinn ihn meine Zunge beleidiget hat? Hab' ich ihm recht gethan, so hat er sich selbst beleidiget; ist er frey, nun, so fliegt mein Tadel, wie eine wilde Gans, davon, und niemand hat sich darum zu bekümmern. Aber wer kommt hier?

*

ACHTE SCENE.

Orlando, mit gezognem Degen.

ORLANDO.

Haltet inn, und rühret keinen Bissen mehr an --

JAQUES.

Wie? ich habe noch nichts gegessen.

ORLANDO.

Und sollst auch nicht, bis die Noth erst befriedigt ist.

A. HERZOG.

Ist es Unglük, Mann, was dich so trozig macht; oder geschieht es aus Verachtung guter Sitten, daß du so leer an Höflichkeit scheinst?

ORLANDO.

Ihr habt es zu erst errathen; die äusserste Noth hat mir den Schein der gesitteten Höflichkeit genommen;

doch bin ich in diesem Lande gebohren, und kenne einige Erziehung; aber nehmet euch in Acht, sag ich, der ist des Todes, der etwas von diesen Früchten anrührt, bis ich und meine Angelegenheiten besorgt sind.

A. Herzog.

Was wollt ihr dann? Eure Artigkeit wird uns stärker nöthigen, als eure Gewalt.

Orlando.

Ich sterbe vor Hunger, gebt mir zu essen.

A. Herzog.

Sezt euch nieder und eßt, und seyd willkommen an unsrer Tafel.

Orlando.

Sprecht ihr so freundlich? Verzeihet mir, ich bitte euch; ich dachte hier müßte alles wild seyn, und dieses ist die Ursache, warum ich einen so trozigen Ton annahm. Aber wer ihr auch seyd, die in dieser unzugangbaren Wüste unter den Schatten melancholischer Zweige die fortschleichenden Stunden der Zeit verliehret; wenn ihr jemals bessere Tage gesehen habt, wenn jemals Gloken euch zur Kirche geläutet haben, wenn ihr jemals an eines guten Manns Gastmal gesessen seyd, wenn ihr jemals eine Thräne von euern Augliedern gewischt habt, und wißt was es ist Mitleiden zu haben oder zu finden, so laßt mein Bitten die Würkung der Gewalt haben; und in dieser Hoffnung erröth ich und steke mein Schwerdt ein.

A. Herzog.

Es ist wahr daß wir bessere Tage gesehen, und daß geweihte Gloken uns zur Kirche geläutet, und daß wir an guter Leute Gastmälern gesessen, und Tropfen die das geheiligte Mitleiden gezeugt, aus unsern Augen gewischt haben; Sezt euch also in Güte nieder, und nehmt nach Belieben alles womit wir euch dienen können, euerm Mangel abzuhelfen.

ORLANDO.

So bewahret eure Speise nur noch eine kleine Weile auf, bis ich gleich einer Hindin, mein Kalb gefunden habe, ihm Speise zu geben. Es ist ein armer alter Mann bey mir, der manchen sauren Tritt aus blosser Liebe mit mir gehinkt hat; bis er, der von zwey entkräftenden Uebeln, Alter und Hunger, überwältigt ist, sich erholt hat, will ich nicht einen Bissen anrühren.

A. HERZOG.

Geht und hohlt ihn her, wir wollen nichts verzehren, bis ihr wieder kommt.

ORLANDO.

Ich danke euch; Gott belohne eure Gutthätigkeit!

(Er geht ab.)

*

NEUNTE SCENE.

A. HERZOG.

Du siehst, wir sind nicht allein unglüklich; dieser weite allgemeine Schauplaz zeigt noch mehr jammervolle Aussichten als die Scene, worinn wir spielen.

JAQUES.

Die ganze Welt ist ein Schauspielhaus, und alle Männer und Weiber sind blosse Schauspieler, sie haben ihre *Auftritte* und ihre *Geht ab*, und der gleiche Mensch spielt in seiner Lebenszeit manche Rollen; denn er hat sieben Actus; Zuerst das Kind, das in der Amme Armen wimmert und geifert; Dann der greinende Schul-Knabe mit einem röthlichen Morgen-Gesicht und den Schulsak an der Seite, der unwillig und langsam wie eine Schneke zur Schule kriecht; dann der Liebhaber, der wie ein Bakofen seufzt, mit einem Lied auf die Augbrauen seines Mädchens; dann ein Soldat, voll seltsamer Flüche, mit einem Bart wie ein Pardel, eifersüchtig über seine Ehre, schnell zu Händeln und Schlägereyen, und bereit die Seifenblase, *Ruhm*, selbst im Mund einer Canone zu suchen; dann der Richter, mit einem schönen runden, mit Capaunen gemästeten Wanst, mit strengen Augen, und einem förmlich zugeschnittnen Bart, voll weiser Sprüche und neuerlicher Beyspiele. Das sechste Alter verwandelt sich in den magern, in Pantoffeln schwimmenden *Pantalon*, mit der Brille auf der Nase, und dem Beutel an der Seite, dem seine ehmaligen Hosen nun eine zu weite Welt für seine eingeschrumpften Schenkel sind, und dessen starke männliche Stimme sich wieder in ein kindisches zitterndes Zischeln und Stottern verwandelt. Die lezte Scene, die diese seltsame und mit Begebenheiten angefüllte Haupt-Action beschließt, ist eine zweyte Kindheit, die alles vergessen hat, ohne Zähne, ohne Augen, ohne Geschmak, ohne irgend etwas.

*

ZEHENDE SCENE.

Orlando mit Adam zu den Vorigen.

A. Herzog.

Willkommen, sezt eure ehrwürdige Last nieder, und laßt ihn essen.

Orlando.

Ich danke höchstens in seinem Namen.

Adam.

Das habt ihr wohl nöthig, denn ich kan kaum reden, um für mich selbst zu danken.

A. Herzog.

Willkommen, greift zu; ich will euch nicht stöhren, euch nach den Umständen euerer Zufälle zu fragen. Gebt uns einige Musik; und ihr, guter Vetter, singt uns eins.

(Music. Amiens singt.)

A. Herzog.

Wenn ihr des guten Sir Rowlands Sohn seyd, wie ihr geflüstert habt, daß ihr es seyd, und sein Ebenbild, das ich aufs getreueste abgezeichnet in euerm Angesicht leben sehe, michs versichert, so seyd von Herzen willkommen. Ich bin der Herzog, der euern Vater liebte. Kommt mit mir in meine Höhle, und erzählt mir eure Begebenheiten. Guter alter Mann, du bist willkommen, wie dein Herr; führt ihn beym Arm; gebt mir eure Hand, und laßt mich alle eure Unglüks-Fälle vernehmen.

(Sie gehen ab.)

Dritter Aufzug.

ERSTE SCENE.

(Der Palast.)

Der Herzog, Lords und Olivier.

HERZOG.

Ihn seither nicht gesehen zu haben? Sir, Sir, das kan nicht seyn. Wäre ich nicht von so milder Gemüthsart, so würde ich Ursache genug haben, meine Rache wegen des Abwesenden an dir zu nehmen; Aber laß dir's gesagt seyn, suche deinen Bruder auf, wo er auch seyn mag; such ihn mit der Kerze in der Hand, und bring ihn binnen Jahresfrist todt oder lebendig, oder kehre nicht wieder in unser Gebiet zurük. Deine Ländereyen und alles was du dein nennest, ziehen wir indeß zu unsern Handen ein, bis du dich aus deines Bruders Mund dessen entledigen kanst, was wir von dir denken.

OLIVIER.

O! möchte Euer Hoheit mein Herz in diesem Stük kennen! Ich liebte meinen Bruder nie in meinem Leben.

HERZOG.

Ein desto grössrer Bösewicht bist du. Gut, stoßt ihn zur Thüre hinaus, und macht Anstalten, daß sein Haus und seine Güter, unserer Absicht gemäß, eingezogen werden; thut es ohne Verzug, und schafft ihn hinaus.

(Sie gehen ab.)

*

ZWEYTE SCENE.

(Verwandelt sich in einen Wald.)

ORLANDO.

Hange hier, mein Lied, zum Denkmal meiner Liebe, und du dreyfach gekrönte Königin der Nacht wende dein keusches Auge, von deiner blassen Sphäre herab, auf den Namen deiner Jägerin, die mein Leben beherrscht. O Rosalinde! diese Bäume sollen meine Bücher seyn, und in ihre Rinden will ich meine Gedanken schreiben, daß jedes Auge, das in diesen Wald hineinschaut, an jedem Stamme die Zeugen deiner Tugend finde. Fliege, fliege, Orlando, und zeichne in jeden Baum die schöne, unschuldsvolle, nahmenlose Sie.

(Geht ab.)

*

DRITTE SCENE.

Corin und Harlequin

CORIN.

Und wie gefällt euch dieses Schäferleben, Herr Probstein?

HARLEQUIN.

Die Wahrheit zu sagen, Schäfer, an sich selbst, ist es ein hübsches Leben, aber in so fern es ein Schäfer-Leben ist, taugt es nichts; in so fern es einsam ist, gefällt es mir recht wohl, aber als ein Privatleben betrachtet, ist es nicht den Henker werth; in so fern es auf dem Lande ist, däucht es mich ganz lustig, aber in so fern es nicht am Hof ist, ist es langweilig. In so fern es ein sparsames Leben ist, seht ihr, so steht es mir ganz gut an: aber in so fern als nicht viel dabey zu erhohlen ist, hat mein Magen viel dagegen einzuwenden. Verstehst etwas von der Philosophie, Schäfer?

CORIN.

Nicht mehr als daß ich weiß, daß je kränker einer ist, desto weniger ist ihm wohl; und daß einer, der weder Geld noch Mittel noch Zufriedenheit hat, drey gute Freunde mangelt; daß die Eigenschaft des Regens ist, naß zu machen, und des Feuers zu brennen; daß gute Weide fette Schaafe macht, und daß eine Hauptursache von der Nacht die Abwesenheit der Sonne ist; und daß ein Mensch der weder durch Natur noch Kunst Verstand bekommen hat, sich entweder über schlechte Erziehung zu beschwehren hat, oder von einer sehr dummen Art abstammet.

HARLEQUIN.

So einer ist ein *Natürlicher Philosoph.* Bist du jemals bey Hofe gewesen, Schäfer?

CORIN.

Nein, bey meiner Treu.

HARLEQUIN.

So wirst du verdammt.

CORIN.

Ey, ich hoffe --

HARLEQUIN.

Mein Six, du wirst verdammt, wie ein übel geröstet Ey, nur auf einer Seite.

CORIN.

Weil ich nicht bey Hofe gewesen bin? und warum das?

HARLEQUIN.

Warum? Wenn du nie bey Hofe gewesen bist, so hast du nie gute Manieren gesehen; hast du nie gute Manieren gesehen, so müssen die deinen böse seyn; Bosheit ist Sünde, Sünde ist Verdammniß; du bist also in einem critischen Zustande, Schäfer.

CORIN.

Nichts weniger, Herr Probstein; was bey Hofe gute Manieren sind, sind lächerliche auf dem Lande, so wie das Betragen der Landleute im höchsten Grad lächerlich bey Hofe ist. Ihr sagtet mir, bey Hofe grüsset ihr nicht, sondern ihr küßt eure Hände; diese Höflichkeit würde unreinlich seyn, wenn Hofleute Schäfer wären.

HARLEQUIN.

Einen kleinen Grund, zum Exempel.

CORIN.

Warum? wir gehen immer mit unsern Schafen um, und ihre Felle sind, wie ihr wißt, schmuzig.

HARLEQUIN.

Wie, schwizen die Hände der Hofleute nicht? und ist nicht der Schweiß eines Schafs so gesund als der Schweiß eines Menschen? einfältig, einfältig! -- einen bessern Grund, sag ich, komm!

CORIN.

Ausserdem sind unsre Hände rauh.

HARLEQUIN.

Unsre Lippen werden sie also desto schneller fühlen -- wieder einfältig -- einen bessern Grund!

CORIN.

Und sie werden oft mit Theer und Schafsalbe beschmiert; wolltet ihr haben, daß wir Theer küssen sollten? Der Hofleute Hände sind mit Zibeth parfumirt.

HARLEQUIN.

Höchst einfältiger Mensch! du Würmer-Speise in Vergleichung mit einem gescheidten Stük Fleisch! lern von den Weisen und merke auf! Zibeth ist von schlechtrer Art als Theer, es ist der höchst unsäuberliche Unrath einer Kaze. Verbeßre deinen Grund, Schäfer.

CORIN.

Euer Wiz ist zu höfisch für mich; ich laß es bleiben.

HARLEQUIN.

Verdammt willt du bleiben? So helf dir Gott, du einfältiges Hirn! Laß dir eine Incision machen, du bist ein Dummkopf.

CORIN.

Sir, ich bin ein ehrlicher Taglöhner, ich erndte was ich esse, und verdiene was ich am Leibe trage; ich hasse keinen Menschen, und beneide niemands Glük; ich freue mich wenn's andren Leuten wohl geht, und trage mein Ungemach mit Geduld; und mein höchster Ehrgeiz ist, meine Schafe grasen und meine Lämmer saugen zu sehen. (*) -- Aber hier kommt der junge Herr Ganymedes, meiner neuen Gebieterin Bruder --

*

(*) Hier erwiedert der Harlequin im Original mit einer Reyhe von kühlen und unflätigen Zoten, die man wegzulassen gut befunden.

VIERTE SCENE.

Rosalinde mit einem Papier in der Hand.

ROSALINDE *ließt.*

Von Ocean bis zu dem Ind
Gleicht kein Juweel der Rosalind;
Ihr Ruhm getragen von dem Wind
Erfüllt die Welt mit Rosalind;
Die schönsten Mahlereyen sind
Schwarz, in Vergleich mit Rosalind, u.s.w.

HARLEQUIN.

So will ich euch acht Jahre hinter ein ander wegreimen, die Eß- und Schlafstunden ausgenommen; das ist perfect so gesezt, wie die Butter-Weiber auf dem Markt.

ROSALINDE.

Weg, Narr!

HARLEQUIN.

Zum Exempel:

Braucht ein Hirsch sein Thier geschwind,
Laß ihn suchen Rosalind;
Süsse Nüsse, saure Rind',
Solch eine Nuß ist Rosalind,
Wer gern die schönste Rose findt,
Such Amors Dorn und Rosalind, u.s.w.

Was für eine verzweifelte Art von stolpernden Versen ist das? wie möcht ihr euch mit solchem Zeug ansteken?

ROSALINDE.

Schweig, du dummer Schöps, ich fand sie an einem Baum.

HARLEQUIN.
Wahrhaftig, der Baum trägt schlimme Früchte.

*

FÜNFTE SCENE.

Celia mit einem Papier in der Hand.

ROSALINDE.
Still, hier kommt meine Schwester, sie ließt etwas; geh auf die Seite.

Celia ließt Reime zum Lobe der Rosalinde.

ROSALINDE.
Mit was für einer langweiligen Predigt von Liebe habt ihr eure Zuhörer heimgesucht, ohne auch nur zu ruffen: habt Geduld, lieben Leute?

CELIA.
Ha, ha! Behorcher! -- Schäfer, tritt ein wenig ab; geh mit ihm, Schlingel.

HARLEQUIN.
Komm, Schäfer, wir wollen auf dem linken Flügel abziehen --

*

SECHSTE SCENE.

CELIA.

Hast du diese Verse gehört?

ROSALINDE.

O ja, ich hörte sie alle und mehr dazu; denn einige darunter hatten mehr Füsse, als die Verse tragen mochten.

CELIA.

Das hat nichts zu sagen; die Füsse mögen die Verse tragen. Aber bist du nicht voll Verwundrung, daß dein Name an diesen Bäumen aufgehangen, und in ihre Rinden eingeschnitten ist?

ROSALINDE.

Ich war schon sieben Tage von allen neunen aus dem Wunder eh ihr kamet; denn seht hier, was ich auf einem Palmbaum gefunden habe: so bereimt bin ich seit Pythagoras Zeit nie worden, da ich eine Irrländische Kaze war, wie ich mich kaum noch erinnern kan.

CELIA.

Und wer, meynt ihr, mag wohl das gethan haben?

ROSALINDE.

Ist es eine Mannsperson?

CELIA.

Mit einer Kette, die ihr ehmals getragen habt, um den Hals: ihr verändert die Farbe?

ROSALINDE.

Ich bitte dich, wer ists?

CELIA.

Wie wunderbar, daß gute Freunde einander so antreffen! Doch Berge können ja durch ein Erdbeben verrükt werden, und so zusammen kommen.

ROSALINDE.

Aber, wer ist es denn?

CELIA.

Ists möglich?

ROSALINDE.

Nun, ich bitte dich was ich bitten kan, sag mir, wer es ist?

CELIA.

O wunderbar, wunderbar, und auf die wunderbarste Art wunderbar, und abermal wunderbar, und über alle --

ROSALINDE.

O! das ist nicht auszustehen! denkst du dann, weil ich wie ein Mann aufgestüzt bin, so hab' ich auch die Kaltsinnigkeit eines Manns? Ein Augenblik Aufschub ist ein Jahrhundert für mich -- Ich bitte dich, sag mir wer es ist; hurtig --

CELIA.

Kurz und gut, der junge Orlando ist es, der in gleichem Augenblik des Athleten Fersen, und euer Herz glitschen machte.

ROSALINDE.

Du scherzest nur, sieh mich an, und sag die Wahrheit, Mädchen.

CELIA.

In der That, Base, er ists.

ROSALINDE.

Orlando?

CELIA.

Orlando.

ROSALINDE.

Welch ein Zufall! Was soll ich izt mit Kragen und Hosen anfangen? Was that er, wie du ihn sahest? Was sprach er? Wie sah er aus? Wo gieng er hin? Was macht er hier? Fragte er nach mir? Wo hält er sich auf? Wie schied er von dir? Und wenn wirst du ihn wieder sehen? Antworte mir mit einem Worte.

CELIA.

So müßt ihr mir vorher Gargantuas Mund borgen; das ist ein zu grosses Wort für irgend einen Mund, wie man sie heutigs Tags trägt; ja oder nein zu allen diesen Fragstüken zu sagen, ist schwehrer als in einer Catechisation Antwort zu geben.

ROSALINDE.

Aber weiß er, daß ich in diesem Walde bin, und in Mannskleidern? Sieht er noch so frisch aus, als an dem Tag da er kämpfte?

CELIA.

Es ist eben so leicht die Sonnenstäubchen zu zählen, als die Fragen eines Verliebten zu beantworten - - - Ich fand ihn unter einem Eichbaume, wie eine abgefallene Eichel.

ROSALINDE.

Er mag wohl Jupiters Baum genennt werden, wenn er solche Früchte fallen läßt.

CELIA.

Hören Sie mich doch an, Madam!

ROSALINDE.

Nur weiter.

CELIA.

Hier lag er ausgestrekt, wie ein verwundeter irrender Ritter.

ROSALINDE.

So rührend der Anblik seyn mußte, so lag er gewiß reizend da.

CELIA.

O! ich bitte dich! thu deiner Zunge Einhalt, sie macht recht unzeitige Courbetten. Er war wie ein Jäger gekleidet.

ROSALINDE.

O! das ist von Bedeutung! er kommt mein Herz zu erlegen.

CELIA.

Ich möchte gern ohne Nachklang singen; du bringst mich aus dem Ton.

ROSALINDE.

Wißt ihr denn nicht, daß ich ein Frauenzimmer bin? Wenn ich denke, so muß ich reden. Meine liebe; fahr fort --

*

SIEBENDE SCENE.

Orlando und Jaques treten auf.

CELIA.

Ihr bringt mich draus - - Still, kommt er nicht hier?

ROSALINDE.

Er ists! schleiche vorbey, und gieb auf ihn acht.

(Celia und Rosalinde entfernen sich.)

JAQUES.

Ich danke euch für eure Gesellschaft; aber wenn ich euch die Wahrheit sagen soll, so wäre mir's eben so lieb gewesen, allein zu seyn.

ORLANDO.

So war mir's auch; aber doch, weil es so die Mode ist, dank ich euch für eure Gesellschaft.

JAQUES.

Behüt euch Gott; wir wollen uns so selten antreffen, als möglich.

ORLANDO.

Ich wünschte, daß wir noch unbekannter wären.

JAQUES.

Ich bitte euch, verderbt die Bäume nicht mehr, indem ihr Liebeslieder in ihre Rinden krazet.

ORLANDO.

Und ich bitte euch, verderbt meine Verse nicht mehr, indem ihr sie so unglüklich leset.

JAQUES.

Rosalinde heißt eure Liebste?

ORLANDO.

Getroffen.

JAQUES.

Ihr Name gefällt mir nicht.

ORLANDO.

Man dachte eben nicht daran, daß man euch gefallen wolle, wie man sie taufte.

JAQUES.

Von welcher Grösse ist sie?

ORLANDO.

Gerade so hoch als mein Herz.

JAQUES.

Ihr seyd voll sinnreicher Antworten; seyd ihr nicht mit Goldschmids-Weibern bekannt gewesen, und habt ihnen ihre Ringe ausgefeilt?

ORLANDO.

Das nicht; aber ich antworte euch im Geschmak der alten Tapeten-Bilder, worinn ihr eure Fragen studirt habt.

JAQUES.

Ihr habt einen feinen Wiz; ich denke er wurde aus Atalanta's Fußsolen gemacht. Wollt ihr mit mir niedersizen, so wollen wir beyde über unsre Mädchen, die Welt, und über alles unser Elend loßziehen.

ORLANDO.

Ich will kein lebendiges Geschöpf in der Welt schelten als mich selbst, an dem ich sehr viele Fehler auszusezen habe.

JAQUES.

Euer gröster Fehler ist, daß ihr verliebt seyd.

ORLANDO.

Das ist ein Fehler, den ich um eure beste Tugend nicht vertauschen wollte; ihr fangt mir an beschwehrlich zu werden.

JAQUES.

Bey meiner Treu, ich suchte eben einen Narren, als ich euch antraf.

ORLANDO.

Er ist in den Bach gefallen; gukt nur hinein, so werdet ihr ihn sehen.

JAQUES.

Ich werde dann mein eignes Bild sehen.

ORLANDO.

Das nach meinem Urtheil entweder ein Narr, oder eine Nulle ist.

JAQUES.

Ich will mich nicht länger mit euch aufhalten; euer Diener, mein guter Herr Amor.

ORLANDO.

Ich erfreue mich über euern Abzug, euer Diener, mein guter Herr Hypochonder.

*

ACHTE SCENE.

Celia und Rosalinde treten hervor.

ROSALINDE.

Ich will mit ihm reden, wie ein naseweiser Lakey, und unter dieser Gestalt den Fanfaron mit ihm spielen. Hört ihr, Jäger?

ORLANDO.

Sehr wohl; was wollt ihr?

ROSALINDE.

Ich bitte euch, was ist die Gloke?

ORLANDO.

Ihr solltet mich fragen, wie hoch ist es am Tage? es giebt keine Gloken in diesem Wald.

ROSALINDE.

So giebt es keinen treuen Liebhaber in diesem Walde; sonst würde er, indem er jede Minute seufzte, und alle Stunden einmal ächzte, den trägen Fuß der Zeit eben so gut entdeken als eine Gloke.

ORLANDO.

Und warum nicht den schnellen Fuß der Zeit? Wäre dieses Beywort nicht eben so geschikt gewesen?

ROSALINDE.

Ganz und gar nicht, Sir; die Zeit reist mit unterschiedlichen Schritten, je nachdem die Personen sind; ich wollte euch sagen können, mit wem die Zeit den Paß geht, mit wem sie trabet, mit wem sie galloppiert, und mit wem sie gar still steht.

ORLANDO.

Ich bitte dich, mit wem geht sie im Trab?

ROSALINDE.

Sapperment, mit einem jungen Mädchen, zwischen dem Tag da sie versprochen worden, und ihrem Hochzeit-Tag: wenn die Zwischenzeit auch nur acht Tage ist, so geht sie ihrem Bedunken nach so hart, daß es ihr sieben Jahre scheinen.

ORLANDO.

Mit wem geht die Zeit den Paß?

ROSALINDE.

Mit einem Priester der kein latein versteht, und mit einem reichen Mann, der das Podagra nicht hat; denn der eine schläft gut, weil er nicht studiren kan; der andre lebt guter Dingen, weil er kein Ungemach fühlt; der eine lebt leicht, weil er nicht von der Last einer troknen und überflüssigen Gelehrsamkeit gedrükt wird; der andre, weil er die beschwehrliche Last der Dürftigkeit nicht kennt. Mit diesen geht die Zeit den Paß.

ORLANDO

Und mit wem galloppirt sie?

ROSALINDE.

Mit einem Diebe zum Galgen; denn wenn er gleich so sachte geht, daß er die Füsse kaum auseinander sezt, so glaubt er doch immer, er sey zu früh angelangt.

ORLANDO.

Und mit wem steht sie still?

ROSALINDE.

Mit Advocaten, in den Zeiten, da die Gerichte stille

stehen. Denn da schlafen sie von einem End zum andern, und merken also gar nicht, daß die Zeit geht.

ORLANDO.

Wo wohnt ihr, artiger Jüngling?

ROSALINDE.

Bey dieser Schäferin, meiner Schwester, hier in diesem Walde.

ORLANDO.

Seyd ihr in diesem Ort gebohren?

ROSALINDE.

Wie ein Caninchen das ihr wohnen seht, wo es geworfen worden.

ORLANDO.

Euer Accent ist etwas feiner, als daß ihr ihn an einem so wilden Ort hättet lernen können.

ROSALINDE.

Das haben mir schon manche gesagt; aber in der That, ein alter geistlicher Oheim von mir lehrte mich reden, der seine Jugend innlands zugebracht hatte, und sich nur gar zu wohl auf die Hofmanieren verstund; denn er wurde dort verliebt. Ich habe ihn viel aus Büchern dagegen lesen gehört; ich danke Gott, daß ich kein Weibsbild bin, so manche ungeschmakte Dinge legte er ohne Unterscheid ihrem ganzen Geschlecht zur Last.

ORLANDO.

Könnt ihr euch nicht einiger von den hauptsächlichsten Fehlern besinnen, die er an den Weibsleuten aussezte?

ROSALINDE.

Seinem Sagen nach, war da kein hauptsächlicher Fehler; sie waren alle einander so gleich, wie Halbpfenninge; ein jeder, dem Ansehen nach, ungeheuer, bis sein Camerad kam, der eben so ungeheuer war.

ORLANDO.

Ich bitte dich, nenne mir einige.

ROSALINDE.

Nein, ich will meine Arzney nicht so wegwerfen, sie gehört nur für die Kranken. Es ist ein Mann der in diesem Walde jagt, und unsre jungen Bäume mißbraucht, Rosalinde in ihre Rinden zu schneiden; er hängt Oden an Hagdornen, und Elegien an Brombeerstauden, in denen allen der Name der Rosalinde vergöttert wird: Wenn ich diesen verliebten Mäkler antreffen könnte, ich wollte ihm einen guten Rath geben, denn er scheint das tägliche Liebes-Fieber am Halse zu haben.

ORLANDO.

Ich bin der, der solche Liebes-Schauer hat; ich bitte euch, sagt mir euer Mittel.

ROSALINDE.

Ihr habt keines von meines Oheims Kennzeichen an euch, woran er mich einen Verliebten kennen lehrte; ich bin sicher, ihr seyd kein Gefangner in diesem Vogel-Bauer.

ORLANDO.

Was waren denn seine Kennzeichen?

ROSALINDE.

Eine eingefallne Wange, die ihr nicht habt; ein blaues eingeschrumpftes Auge, das ihr nicht habt; einen zerstreuten Geist, den ihr nicht habt; einen vernachläßigten Bart, den ihr nicht habt - - - Doch das kan ich euch verzeihen, denn in der That, was ihr an Bart habt, ist alles Einkommen eines jüngern Bruders - - Hernach sollten eure Hosen unzugeknöpft, eure Manschetten offen, eure Strümpfe nicht aufgezogen, und eure Schuhe nicht zugeschnallt seyn; kurz, alles was ihr an euch habt, sollt' eine sorglose Niedergeschlagenheit verrathen; allein ihr seyd kein solcher Mann, ihr seyd vielmehr so sorgfältig in euerm Puz, wie einer der in sich selbst verliebt ist, und nicht wie ein Liebhaber von jemand anderm.

ORLANDO.

Schöner Jüngling, ich wollte daß ich dich überzeugen könnte, daß ich liebe.

ROSALINDE.

Mich überzeugen? Mehr Mühe würd' es euch nicht kosten, eure Liebste selbst zu überzeugen, die, glaubt mirs, geneigter ist euch zu glauben, als zu bekennen, daß sie euch glaubt; das ist einer von den Puncten, worinn Weibsbilder immer ihr Gewissen lügen heissen. Aber, in gutem Ernst, seyd ihr der, der Verse an die Bäume hängt, worinn Rosalinde so bewundert wird?

ORLANDO.

Ich schwör es dir, Jüngling, bey der weissen Hand der Rosalinde; ich bin es, ich bin der Unglükliche.

ROSALINDE.

Aber seyd ihr denn so verliebt, als eure Reime sagen?

ORLANDO.

Weder Prose noch Reimen können ausdrüken, wie sehr - -

ROSALINDE.

Liebe ist lauter Raserey, und verdient, ich kan's euch sagen, ein dunkles Zimmer, und eine Peitsche, so gut als irgend eine andre Art von Tollheit; die Ursache, warum die Verliebten nicht so tractirt werden, ist bloß, weil diese Art von Mondsucht so gemein ist, daß die Zuchtmeister selbst verliebt sind; doch ich verspreche euch, daß ich euch durch guten Rath heilen will.

ORLANDO.

Habt ihr jemals eine solche Cur gemacht?

ROSALINDE.

Ja, und zwar auf diese Weise: Er mußte sich einbilden, ich sey seine Liebste, und mir alle Tage den Hof machen. Ich nahm also den ganzen Character einer wunderlichen Liebste an, war weibisch, veränderlich, voller seltsamer Einfälle und Gelüste, gebieterisch, phantastisch, affenmäßig, leichtsinnig, unbeständig, weinte ohne Ursach, lachte ohne Ursach, machte mich krank wenn mir nichts fehlte, hatte an allem etwas auszusezen; von jeder Leidenschaft die Mine, von keiner die Wahrheit; bald that ich als ob er mir gefiele, bald als ob er mir zuwieder sey; izt unterhielt ich ihn, izt verschwor ich seinen Umgang, bald weint' ich um ihn, bald spie ich vor ihm aus; und durch diese Methode brachte ich es soweit, daß mein Liebhaber aus einem närrischen Anfall von Liebe in einen ausgemachten Zustand von Narrheit verfiel; denn er verschwohr die menschliche Gesellschaft, und verkroch sich in irgend einen mönchischen Winkel; und auf diese Art nehm' ichs über mich, eure Leber so rein zu waschen wie ein gesundes Schaf-Herz, daß nicht ein einziges Tüpfchen von Liebe mehr daran seyn soll.

ORLANDO.

Ich verlange nicht geheilt zu werden.

ROSALINDE.

Ich wollte euch heilen, wenn ihr mich nur Rosalinde hiesset, und alle Tage in meine Hütte kommen, und euch um meine Gunst bewerben wolltet.

ORLANDO.

Nun, bey meiner Liebe, das will ich thun; sag mir, wo sie ist.

ROSALINDE.

Kommt mit mir, so will ich sie euch zeigen; und unterwegs sollt ihr mir sagen, in welcher Gegend des Waldes ihr euch aufhaltet; wollt ihr kommen?

ORLANDO.

Von Herzen gern, mein guter Jüngling.

ROSALINDE.

Nicht so, Rosalinde müßt ihr mich heissen; Komm, Schwester, wollen wir nicht gehen?

(Sie gehen ab.)

(Hier folgt im Original eine Zwischen-Scene von der pöbelhaftesten Art, die des Uebersezers nicht würdig ist.)

*

NEUNTE SCENE.

(Eine Hütte im Wald.)

Rosalinde und Celia.

ROSALINDE.

Sagt mir nichts mehr, ich will weinen.

CELIA.

Das thu, ich bitte dich; aber doch habt die Gnade zu bedenken, daß Thränen an einem Manne nicht gut lassen.

ROSALINDE.

Aber hab ich nicht Ursach zu weinen?

CELIA.

So gute Ursach als einer nur wünschen mag; weinet soviel ihr wollt.

ROSALINDE.

Sein Haar ist sogar von einer falschen Farbe.

CELIA.

Noch etwas brauner als Judassens; bey meiner Treue, seine Küsse sind Judassens leibliche Kinder.

ROSALINDE.

Die Wahrheit zu sagen, sein Haar hat eine hübsche Farbe.

CELIA.

Eine vortrefliche Farbe; Castanienbraun war ja immer eure liebste Farbe.

ROSALINDE.

Und sein Kuß ist so unschuldig, als der Friedenskuß eines heiligen eißgrauen Einsiedlers.

CELIA.

O! er hat sich ein paar keusche Lippen von der Diana angeschaft; eine Nonne von Winters Schwesterschaft küßt nicht andächtiger; das klare Eiß der Keuschheit ist drinn.

ROSALINDE.

Aber warum schwur er dann, er wollte diesen Morgen kommen, und kommt nicht?

CELIA.

Nein, wahrhaftig, es ist keine Aufrichtigkeit in ihm.

ROSALINDE.

Denkt ihr das?

CELIA.

Ja; ich denke wol, er ist kein Beutelschneider, und kein Gaudieb; aber was seine Zuverläßigkeit in der Liebe betrift, so halt ich ihn für so hohl als einen umgekehrten Becher, oder eine wurmstichige Nuß.

ROSALINDE.

Nicht aufrichtig in der Liebe?

CELIA.

Ja, wenn er verliebt ist; aber ich denke, das ist er nicht.

ROSALINDE.

Ihr habt ihn doch schwöhren gehört, daß ers war.

CELIA.

War, ist nicht ist; und zudem hat der Schwur eines Liebhabers nicht mehr zu bedeuten, als das Wort eines Bierzapfers; beyde bekräftigen falsche Rechnungen. Er wartet hier im Walde dem Herzog euerm Vater auf.

ROSALINDE.

Gestern begegnete ich dem Herzogen, und hatte viel Fragen von ihm auszuhalten; er wollte wissen, von was für einer Herkunft ich wäre; ich sagte ihm, von einer so guten als er, darüber lacht' er und ließ mich gehen. Aber was reden wir von Vätern, da ein solcher Mann in der Welt ist wie Orlando?

CELIA.

O! das ist ein braver Mann! er schreibt brave Verse, spricht brave Worte, schwört brave Eide, und bricht sie brav -- aber wer kommt hier?

CORIN.

Jungfer und Herr, ihr habt schon etliche mal dem Schäfer nachgefragt, der sich soviel über die Liebe zu beklagen hat, und den ihr bey mir auf dem Grasboden sizen sahet, die spröde Schäferin, seine Liebste, zu preisen.

CELIA.

Gut, und was giebts mit ihm?

CORIN.

Wenn ihr eine recht wohl gespielte Scene zwischen der blassen traurigen Gestalt einer wahren Liebe, und der glühenden Röthe der spröden Verachtung sehen wollt, so kommt ein wenig mit mir, ich will euch den Ort zeigen.

ROSALINDE.

O komm, laß uns gehen; der Anblik von Liebenden ist eine Nahrung für Verliebte; führ uns nur zu ihnen, ich werde keinen müssigen Zuschauer bey ihrem Spiel abgeben.

(Gehen ab.)

*

ZEHNTE SCENE.

(Eine andre Gegend im Walde.)

Sylvius, Phöbe.

SYLVIUS.

Liebste Phöbe, sey nicht böse auf mich, thu es nicht, Phöbe; sage, du liebest mich nicht, aber sag es nicht mit solcher Bitterkeit - - Der Nachrichter selbst, dessen Herz doch vom gewohnten Anblik des Todes verhärtet ist, läßt das Beil nicht auf den gebükten Hals fallen, ohne vorher um Vergebung zu bitten; wollt ihr unbarmherziger seyn als einer, der vom Blutvergiessen seinen Unterhalt zieht?

(Rosalinde, Celia und Corin kommen dazu.)

PHÖBE.

Ich will nicht dein Scharfrichter seyn; ich fliehe dich, weil ich dir kein Leid thun möchte. Du sagst mir, es sey Mord in meinen Augen; das ist artig, wahrhaftig, und sehr wahrscheinlich, daß Augen, die die schwächsten und sanftesten Dinge sind, die ihre furchtsamen Thüren vor Sonnenstäubchen zuschliessen, Tyrannen, Henker, Mörder seyn sollten! - - Schau, izt seh ich dich so herzlich sauer an, als ich kan, wenn meine Augen verwunden können, so laß sie izt dich tödten; nun, stelle dich als ob du ohnmächtig werdest, wie? falle zu Boden; oder wenn du nicht kanst, o! so schäme dich, schäme dich, so zu lügen und zu sagen, meine Augen seyen Mörder. Zeig einmal die Wunde, die dir meine Augen gemacht haben; rize dich nur mit einer Steknadel, und es wird ein Merkmal davon bleiben; halte dich nur an Schilfrohr an, und deine flache Hand behält etliche Augenblike den Eindruk davon: Aber meine Blike, die ich auf dich geschossen habe, verlezen dich nicht; nein, ich bin ganz gewiß, daß keine Kraft in den Augen ist, die einem Schaden thun kan.

SYLVIUS.

O theure Phöbe, wenn du jemals (und dieses jemals kan nahe seyn) die Gewalt der Liebe auf irgend einer blühenden Wange antreffen wirst, dann wirst du die unsichtbaren Wunden erfahren, die Amors scharfe Pfeile machen.

PHÖBE.

Aber bis diese Zeit kommt, komm du mir nimmer so nah als izt; und wenn sie kommt, so spotte über mich; habe kein Mitleiden mit mir, so wie ich, bis diese Zeit kommt, keines mit dir haben werde.

ROSALINDE.

Und warum, ich bitte euch, wer mag eure Mutter gewesen seyn, daß ihr dieses Unglüklichen auf eine so übermüthige und beleidigende Art spottet? Wie? Wenn ihr gleich schön wäret, (und, die Wahrheit zu sagen, eure Schönheit darf wohl ohne Licht finster zu Bette gehen;) müßt ihr denn deßwegen spröde und unbarmherzig seyn? Wie? Was soll das bedeuten? Warum seht ihr mich so an? Ich kan nichts an euch sehen, als was man an der Alltagsarbeit sieht, die die Natur auf den Kauf macht. Das ist lustig, bey meiner Six! ich denke sie will meine Augen auch verstriken; nein, versichert, meine spröde Jungfer, hoffet das nicht; es braucht mehr als eure dinteschwarzen Augbrauen, euer schwarzseidenes Haar, eure gläsernen Augapfel und eure Wangen von Milchrahm, um meine Geister in euer Nez zu ziehen. Ihr alberner Schäfer, warum lauft ihr so nach ihr? ihr seyd ein tausendmal

noch etwas zu thun. Aber verlange keine andre Belohnung dafür, als das Vergnügen, das du selbst darinn findest, mir zu dienen.

SYLVIUS.

So heilig und so vollkommen ist meine Liebe, und so arm bin ich an Gunstbezeugung von dir, daß ich es für eine reiche Erndte halten werde, nur die abgebrochnen Aehren hinter demjenigen aufzulesen, der den vollen Herbst einsammelt. Laß dir nur dann und wann ein zerstreutes Lächeln entwischen, und ich will davon leben.

PHÖBE.

Kennst du den jungen Menschen, der vor einer Weile mit mir redte?

SYLVIUS.

Nicht sonderlich, aber ich hab ihn schon oft angetroffen; er hat die Hütte und die Triften gekauft, die dem alten Carlot gehörten.

PHÖBE.

Denke nicht, daß ich ihn liebe, weil ich ihm nachfrage; es ist nur ein unfreundlicher Knabe, aber er spricht artig. Zwar was bekümmre ich mich um Worte? und doch thun auch Worte wohl, wenn der, welcher spricht, denen die ihm zuhören, gefällt. Es ist ein hübscher junger Mensch, nicht so gar hübsch; aber wahrhaftig, er ist einbildisch, und doch steht ihm sein Stolz wohl an. Er wird einen feinen Mann abgeben; das beste an ihm ist sein Aussehen, und seine Zunge verwundet nicht schneller, als sein Aug es wieder geheilt hat. Er ist nicht gar lang; und doch für sein Alter ist er lang; sein Bein ist nur so so, und doch ist es hübsch; sein Mund hatte eine angenehme Röthe, ein wenig reiffer und lebhafter roth als die womit seine Wangen getuscht sind; es war gerad die Schattierung zwischen hochroth und carmesin. Es giebt Weibsbilder, Sylvius, die wenn sie ihn so von Stük zu Stük betrachtet hätten, wie ich, ganz nahe dazu gekommen wären, in ihn verliebt zu werden; aber ich für meinen Theil, lieb ihn nicht, und haß ihn auch nicht; und doch hab' ich mehr Ursach ihn zu hassen als ihn zu lieben. Was hatte er über mich zu schmählen? Er sagte meine Augen seyen schwarz, und mein Haar schwarz; und ja, nun erinnere ich michs, er gab mir einen verächtlichen Blik. Es wundert mich, warum ich ihm nicht antwortete; aber das ist all eins; aufgeschoben ist nicht geschenkt; ich will ihm einen recht spöttischen Brief schreiben, und du sollt ihn tragen; willt du, Sylvius?

SYLVIUS.

Von Herzen gern, Phöbe.

PHÖBE.

Ich will ihm gleich schreiben; der Innhalt ist schon in meinem Herzen; ich will spizig gegen ihn seyn, und ziemlich kurz. Komm mit mir, Sylvius.

(Sie gehen ab.)

Vierter Aufzug.

ERSTE SCENE.

(Ligt noch im Walde.)

Rosalinde, Celia und Jaques.

JAQUES.

Ich bitte dich, artiger Jüngling, laß uns besser mit einander bekannt werden.

ROSALINDE.

Man sagt, ihr seyd ein melancholischer Camerad.

JAQUES.

Das bin ich; Melancholie ist mir lieber als Lachen; mir däucht nichts angenehmer als traurig zu seyn und nichts zu sagen.

ROSALINDE.

So ist ein Kloz nach euerer Art sehr glüklich.

JAQUES.

Ich habe weder die Melancholie eines Gelehrten, welche Eifersucht ist; noch des Musici, die phantastisch; noch des Höflings, welche stolz; noch des Soldaten, welche ehrgeizig; noch des Juristen, welche politisch; noch eines Frauenzimmers, welche zärtlich; noch eines Liebhabers, die das alles ist; sondern es ist eine Melancholie, die mir eigen ist, aus vielen Simpeln zusammengesezt, und in der That nichts anders als die Würkung der manchfaltigen Betrachtungen die ich über meine Reisen anstelle, deren öftere Erinnerung, mit den Anmerkungen die mir darüber beyfallen, mich in eine Art von humoristischer Traurigkeit sezen.

ROSALINDE.

Ein gereister Mann! Bey meiner Treu, ihr habt grosse Ursache traurig zu seyn; ihr habt eure Ländereyen verkauft, um andrer Leute ihre zu sehen; und dann ist viel gesehen haben, und nichts haben, gerade soviel als reiche Augen und arme Hände haben.

JAQUES.

Indeß hab ich doch Erfahrung gewonnen.

Orlando tritt auf.

ROSALINDE.

Und eure Erfahrung macht euch traurig; ich wollte lieber einen Narren haben, der mich aufgeräumt, als Erfahrung, die mich traurig machte, und noch dazu reisen müssen, sie zu bekommen.

ORLANDO.

Sey mir gegrüßt, o theure Rosalinde.

JAQUES.

Nun, so behüt euch Gott, wenn ihr in ungereimten Versen reden wollt.

(Er geht ab.)

*

ZWEYTE SCENE.

ROSALINDE.

Lebt wohl, Herr Wanderer. Seht ihr, ihr müßt mit der Zunge anstossen, seltsame Kleider tragen, alle Vortheile euers Vaterlands verachten, und mit Gott hadern, daß er euch so gemacht hat, wie er that; oder ihr werdet mich kaum bereden, daß ihr in einer Gondola geschwommen seyd -- Wie stehts, Orlando, wo seyd ihr alle diese Zeit gewesen? Ihr ein Liebhaber? Wenn ihr mir noch einen solchen Streich spielt, so kommt mir nur nimmer vor die Augen.

ORLANDO.

Meine schöne Rosalinde, es ist noch keine Stunde über die Zeit, die ich versprochen hatte.

ROSALINDE.

Das Versprechen einer Stunde brechen, das man einer Geliebten gethan hat? Wer eine Minute in tausend Theile theilte, und bräche nur ein Theil von einem Tausendtheilchen einer Minute in einer Liebes-Angelegenheit, von dem mag wohl gesagt werden, Cupido habe ihm auf die Schulter geklopft; aber ich stehe davor, daß sein Herz ganz ist.

ORLANDO.

Vergebet mir, liebste Rosalinde.

ROSALINDE.

Wie gesagt, wenn ihr so langsam seyn wollt, so kommt

nicht mehr vor mein Gesicht; ich wollte eben so gern einen Schneken (*) zum Liebhaber haben.

ORLANDO.

Einen Schneken?

ROSALINDE.

Ja, einen Schneken; denn wenn er schon langsam kommt, so trägt er doch sein Haus auf dem Rüken mit; und das ist mehr, als ihr vermuthlich eurer Frau zum Leibgeding aus machen werdet; ausserdem bringt er auch sein Schiksal mit.

ORLANDO.

Was ist das?

ROSALINDE.

Wie? Hörner; das wofür ihr so oft euern Weibern verbunden seyd; allein er kommt schon in seiner gehörigen Rüstung, und erspart seinem Weib die Mühe.

ORLANDO.

Die Tugend macht keine Hörner; und meine Rosalinde ist tugendhaft.

ROSALINDE.

Und ich bin eure Rosalinde.

CELIA.

Es beliebt ihm euch so zu nennen; aber er hat eine Rosalinde, die besser liebäugeln kan als ihr.

(*) Man hat sich hier die Freyheit nehmen müssen, die Schneke, wie in einigen Provinzen, wo deutsch gesprochen wird, üblich ist, zu einem *Masculino* zu erheben, damit der Scherz auch im Deutschen angehe.

ROSALINDE.

Kommt und sagt mir einmal recht schöne Sachen vor, ich bin heute in einem Feyertagshumor, und gar nicht aufgelegt grausam zu seyn; was würdet ihr mir izt sagen, wenn ich eure würkliche, wahre Rosalinde wäre?

ORLANDO.

Ich würde küssen, eh ich redte.

ROSALINDE.

Nein, es schikte sich besser daß ihr zu erst redtet, und wenn ihr aus Mangel an Stoff nicht mehr fortkommen könntet, dann könntet ihr Gelegenheit nehmen, zu küssen. Es giebt gute Redner, die wenn sie aus dem Zusammenhang kommen, ausspuken; und wenn den Liebhabern, Gott behüt' es, die Materie ausgeht, so ist der reinlichste Behelf, daß sie küssen.

ORLANDO.

Aber wenn der Kuß abgeschlagen wird.

ROSALINDE.

Dann nöthigt sie euch zu bitten, und das giebt wieder Materie.

ORLANDO.

Wer müßte der seyn, der bey seiner geliebten Gebieterin stumm werden könnte?

ROSALINDE.

Wahrhaftig, das solltet ihr seyn, wenn ich eure Liebste wäre; oder ich müßte glauben, meine Tugend wäre fruchtbarer als mein Wiz. Bin ich nicht eure Rosalinde?

ORLANDO.

Ich finde eine Art von Vergnügen darinn, zu sagen, ihr seyd es, weil ich gern von ihr spreche.

ROSALINDE.

Gut, und in ihrer Person sag ich, ich will euch nicht haben.

ORLANDO.

So sterb ich in meiner eignen Person.

ROSALINDE.

Nicht doch, wenn ich bitten darf, sterbt durch einen Procurator; die arme Welt ist bey nahe sechstausend Jahre alt, und in aller dieser Zeit ist noch nicht ein einziger vor Liebe in eigner Person gestorben. Dem Troilus wurde das Hirn mit einer griechischen Keule zerschmettert, und doch that er was er konnte, um vorher zu sterben; denn er ist eines von den Mustern getreuer Liebhaber. Leander - - wahrhaftig, er würde noch manches schöne Jahr gelebt haben, wenn gleich Hero eine Nonne worden wäre; eine schöne Sommernacht hat ihn ums Leben gebracht; der gute Knabe wollte sich im Hellespont baden, kriegte den Krampf, und ertrank, und die albernen Chronikmacher seiner Zeit sezten das auf die Rechnung der Hero von Sestos. Aber das sind lauter Lügen; die Leute sind von Zeit zu Zeit gestorben, und von Würmern gegessen worden, aber nicht aus Liebe.

ORLANDO.

Ich wollte nicht, daß meine wahre Rosalinde so dächte; denn versichert, ein saurer Blik von ihr wäre genug, mich umzubringen.

ROSALINDE.

Bey dieser Hand, er bringt keine Fliege um; aber kommt, ich will izt in einer gefälligern Verfassung eure Rosalinde seyn. Bittet mich was ihr wollt, ich will es euch bewilligen.

ORLANDO.

So liebet mich, Rosalinde.

ROSALINDE.

Ja, meiner Treu, das will ich auch, Freytags, Sonnabends und so weiter.

ORLANDO.

Und willt du mich haben?

ROSALINDE.

Ja, und noch zwanzig solche.

ORLANDO.

Was sagst du?

ROSALINDE.

Seyd ihr nicht gut?

ORLANDO.

Ich hoff' es.

ROSALINDE.

Nun dann, kan man sich des Guten zuviel wünschen? Kommt, Schwester, ihr sollt der Priester seyn, und uns zusammengeben. Gebt mir eure Hand, Orlando: Was sagt ihr, Schwester?

ORLANDO.

Ich bitte dich, gieb uns zusammen.

CELIA.

Ich weiß die Worte nicht.

ROSALINDE.

Ihr müßt anfangen -- wollt ihr, Orlando --

CELIA.

Recht so -- Wollt ihr, Orlando, diese Rosalinde zum Weibe haben?

ORLANDO.

Ich will.

ROSALINDE.

Ja, aber wenn?

ORLANDO.

So schnell als sie uns copuliren kan.

ROSALINDE.

So müßt ihr sagen: ich nehme dich Rosalinde zu meinem Weibe.

ORLANDO.

Ich nehme dich Rosalinde zu meinem Weibe.

ROSALINDE.

Ich sollte euch um eure Commißion bitten, aber ich nehme dich Orlando zu meinem Gemahl: Hier ist ein Mädchen das vor einen Priester geht, und in der That eines Frauenzimmers Gedanken rennen immer seinen Handlungen zuvor.

ORLANDO.

Das thun alle Gedanken, sie sind beflügelt.

ROSALINDE.

Und sagt mir izt, wie lang wollt ihr sie haben, wenn ihr sie in Besiz genommen habt?

ORLANDO.

Auf ewig, und einen Tag.

ROSALINDE.

Sagt, auf einen Tag, und laßt ewig aus: Nein, nein, Orlando; Männer sind April wenn sie uns den Hof machen, December wenn sie verheurathet sind; Mädchen sind lauter May wenn sie Mädchen sind, aber das Wetter ändert sich wenn sie Weiber sind; ich will eifersüchtiger über dich seyn, als ein Calecuttischer Hahn über seine Henne; schreyerischer als ein Papagey wenn es regnet; erpichter auf neue Moden als ein Affe, und launischer in meinen Gelüsten als eine Meerkaze; ich will um nichts weinen, wie Diana im Brunnen, und das will ich thun, wenn ihr gerne lustig wäret; und ich will lachen wie eine Hyene, wenn ich merke daß ihr lieber weinen möchtet.

ORLANDO.

Aber wird es meine Rosalinde auch so machen?

ROSALINDE.

Bey meinem Leben, sie wird machen wie ich.

ORLANDO.

O! sie ist vernünftig.

ROSALINDE.

Denn sonst hätte sie den Verstand nicht das zu thun; je gescheidter, je schlimmer: Verschließt die Thür vor eines Weibes Wiz, so wird er durchs Fenster hinaus wollen; macht das Fenster zu, so wird er zum Schlüsselloch hinaus; verstopft das Schlüsselloch, so wird er mit dem Rauch zum Camin hinausfliegen.

ORLANDO.

Ein Mann der eine Frau mit einem solchen Wiz hätte, könnte sagen, Wiz, wohin willt du?

ROSALINDE.

Nein, das müßt ihr versparen, bis ihr eurer Frauen Wiz auf dem Weg antreffet, in eures Nachbars Bette zu gehen.

ORLANDO.

Und was für Wiz könnte der Wiz haben so etwas zu entschuldigen?

ROSALINDE.

Zum Exempel zu sagen, sie käme euch da zu suchen. Ihr werdet sie nie ohne ihre Antwort finden, oder ihr müßtet sie ohne Zunge nehmen. O! die Frau, die nicht alle ihre Fehler auf den Mann schieben kan, die lasse ja ihr Kind nicht selbst säugen; sie würde einen Narren aufziehen.

ORLANDO.

Rosalinde, für diese zwo Stunden muß ich dich verlassen.

ROSALINDE.

Ach, mein liebstes Herz, ich kan dich nicht zwo Stunden missen.

ORLANDO.

Ich muß dem Herzog beym Mittagessen aufwarten; um zwey Uhr will ich wieder bey dir seyn.

ROSALINDE.

Ja, geht nur euers Wegs, geht euers Weges; ich wußte, was ihr werden würdet, meine Freunde sagten mirs vorher, und ich bildete mir nichts wenigers ein; aber eure schmeichelnde Zunge hat mich gewonnen; -- Zwey Uhr sagt ihr, ist eure Stunde?

ORLANDO.

Ja, liebste Rosalinde.

ROSALINDE.

Bey meiner Treu, und in gutem Ernst, und bey allen den artigen Schwüren die nicht gefährlich sind, wenn ihr nur ein Tüpfchen von euerm Versprechen brechet, oder nur eine einzige Minute hinter eurer Stunde kommt; so will ich euch für den aller atheistischsten Wort-Brecher, und für den aller leichtsinnigsten Liebhaber, und für den allerunwürdigsten des Frauenzimmers das ihr eure Rosalinde nennt, halten, der in der grossen Bande der Ungetreuen nur immer ausgesucht werden könnte: Hütet euch also vor meiner Züchtigung, und haltet euer Wort.

ORLANDO.

Eben so gewissenhaft, als ob du würklich meine Rosalinde wärest; Hiemit Adieu.

ROSALINDE.

Gut, die Zeit ist der alte Richter, der alle diese Verbrecher verhört; es wird sich zeigen. Adieu.

*

DRITTE SCENE.

CELIA.

Ihr habt euer Geschlecht in euerm verliebten Gewäsche sehr übel mißhandelt; wir sollten euch euern Kragen und eure Hosen über den Kopf ziehen, und der Welt zeigen, was der Vogel in sein eigen Nest gethan hat.

ROSALINDE.

O Base, Base, Base, meine artige kleine Base, wißtest du wie viele Faden tief ich in Liebe versunken bin; doch das kan nicht ergründet werden, meine Liebe hat einen unbekannten Grund wie die Bay von Portugal.

CELIA.

Sagt vielmehr, sie hat keinen Boden, daß soviel ihr auch Liebe hinein thut, alles immer wieder ausrinnt.

ROSALINDE.

Nein, eben der schelmische Bastard der Venus, der von Gedanken gezeugt, von der Phantasie empfangen, und von der Thorheit gebohren worden; der blinde spizbübische Junge, der jedermanns Augen bethört, weil seine eignen blind sind, laß ihn urtheilen, wie sehr ich liebe; laß dir sagen; Aliena, ich kan nicht aus Orlando's Gesicht seyn; ich will irgend einen Schatten suchen und seufzen bis er kommt.

CELIA.

Und ich will schlafen.

(Sie gehen ab.)

*

VIERTE SCENE.

Jaques, Edelleute, und Jäger.

JAQUES.

Wer erlegte das Thier?

EDELMANN.

Sir, das war ich.

JAQUES.

Wir wollen es dem Herzog, als einem Römischen Erobrer, überliefern; und es würde nicht übel gethan seyn, wenn man ihm das Geweyh anstatt eines Lorbeerkranzes auf den Kopf sezte. Habt ihr kein Lied, Jäger, das sich zu diesem Anlaß schikt?

JÄGER.

Ja, Sir.

JAQUES.

Singt es; es hat nichts zu bedeuten, aus welchem Ton, wenn es nur brav lermen macht.

(Music, ein Jägerliedchen.)

(Sie gehen ab.)

*

FÜNFTE SCENE.

Rosalinde, Celia.

ROSALINDE.

Wie, was sagt ihr nun, ist es nicht schon über zwey Uhr? Mich wundert, daß Orlando nicht hier ist.

Celia.

Ich steh euch dafür, er hat aus lauter Liebe und Verzükung seinen Bogen und seine Pfeile genommen, und ist schlafen gegangen. Seht, wer kommt hier?

Sylvius.

Sylvius.

Ich habe einen Auftrag an euch, schöner Jüngling, meine geliebte Phöbe befahl mir, euch dieses zu geben; ich weiß den Inhalt nicht, soviel ich aber aus der finstern Stirne und den verdrüßlichen Gebehrden, die sie unterm Schreiben machte, errathen kan, wird er nicht angenehm seyn; verzeihet mir, ich bin nur ein unschuldiger Bote.

Rosalinde.

Die Geduld selbst würde bey diesem Brief auffahren, und den Rhodomont spielen; wer das leiden kan, kan alles leiden. Sie sagt ich sey nicht schön, ich sey unhöflich, sie nennt mich einbildisch, und daß sie mich nicht lieben könnte, wenn gleich eine Mannsperson so rar wäre als ein Phönix: O! da werden wir bald einig seyn; ihre Liebe ist wahrhaftig der Hase nicht den ich jage. Warum schreibt sie mir so? Gut, Schäfer, gut, das ist ein Brief von eurer eignen Erfindung.

Sylvius.

Nein, versichert, ich weiß den Inhalt nicht, Phöbe schrieb ihn selbst.

Rosalinde.

Kommt, kommt, ihr seyd ein Gek; das Liebesfieber hat euch das Hirn aus den Falten gerükt. Ich hab ihre Hand gesehen, sie hat eine hübsche lederne Hand, eine steinfarbne Hand; ich dachte würklich, sie hätte ihre alten Handschuhe an, aber es waren ihre Hände; sie hat eine Hausweibs-Hand, doch das hat nichts zu bedeuten; ich sage, sie hat diesen Brief nicht ersonnen; das ist eines Mannes Erfindung und Hand.

SYLVIUS.

Versichert, es ist die ihrige.

ROSALINDE.

Wie? das ist eine rasende Schreibart, eine barbarische Schreibart, eine Schreibart für Leute, die sich auf den Degen herausfordern -- Zum Henker, sie pakt mich an, wie ein Türk einen Christen; ein sanftes weibliches Hirn könnte keine so dichte Riesenmäßige Einfälle ausheken, solche Ethiopische Redensarten, noch schwärzer in ihrer Würkung als sie aussehen; wollt ihr den Brief hören?

SYLVIUS.

Wenn es euch beliebt, denn ich hab' ihn noch nicht gehört.

ROSALINDE.

Sie Phöbisirt mich, daß es eine Art hat; horcht, wie die Tyrannin schreibt:

Kamst du, ein Gott im Hirtenkleid,
Ein Mädchen-Herze zu bekriegen?

Kan ein Frauenzimmer so schimpfen?

So lege deine Macht beyseit,
Ein weiblich Herz voll Zärtlichkeit
Erligt in einem solchen Streit;
Wie leicht ists einem Gott, zu siegen?

Habt ihr jemals solche Beschimpfungen gehört?

Würkt deiner schönen Augen Macht
Selbst wenn sie zürnen, solche Liebe,
O! was erregten sie für Triebe,

Würd' ich von ihnen angelacht!
Da du mich schaltest, liebt ich dich;
Was thät ich, seufztest du um mich?
Der diesen Brief dir übergiebt
Weiß wenig, wie dich Phöbe liebt;
Entdeke wieder mir durch ihn,
Wofern mein Herz und was ich bin
Zur Gegengunst dich reizen kan;
Wo nicht, so zeig durch ihn mirs an;
So bleibt der armen Phöbe doch
Der Tod zur lezten Zuflucht noch.

SYLVIUS.

Nennt ihr diß Schmähen?

CELIA.

Ach, du armer Schäfer.

ROSALINDE.

Habt ihr Mitleiden mit ihm? Nein, er verdient kein Mitleiden. Solch ein Weibsbild kanst du lieben? Was, dich zu einem Instrument zu machen, und falsche Stükchen auf dir zu spielen? Das ist nicht auszustehen! Gut, geht wieder zu ihr zurük, (denn ich sehe wohl, die Liebe hat euch zu einem zahmen Wurm gemacht) und sagt ihr soviel: Wenn sie mich liebe, so befehle ich ihr, daß sie dich lieben soll; und wenn sie nicht will, so woll' ich sie nimmermehr haben, bis du für sie bittest.

(Sylvius geht ab.)

*

SECHSTE SCENE.

Olivier zu den Vorigen.

OLIVIER.

Guten Tag, ihr schönen Kinder; seyd so gut, wenn ihrs wißt, und sagt mir wo in diesem Forste eine Schaafhütte zwischen Olivenbäumen zu finden ist.

CELIA.

Westwärts von hier, diesen Hügel herab, wenn ihr jene Reyhe von Wasserweyden am Bach zur rechten Hand laßt, werdet ihr sie finden. Aber um diese Zeit hütet das Haus sich selbst; es ist niemand drinn.

OLIVIER.

Wenn das Gehör das Auge unterrichten kan, so sollte ich euch aus Beschreibung kennen, solche Kleider, ein solches Alter; »der Jüngling ist schön, schön wie ein Mädchen, und sieht eher einer reiffen Schwester gleich: das Mädchen klein und brauner als ihr Bruder«. Seyd ihr nicht die Besizer dieses Hauses, wornach ich fragte?

CELIA.

Es ist nicht geprahlt, weil ihr uns fragt, wenn wir ja sagen.

OLIVIER.

Orlando empfiehlt sich euch beyden, und überschikt diesem Jüngling, den er seine Rosalinde nennt, sein blutiges Schnupftuch -- Seyd ihr's?

ROSALINDE.

Ich bin's, was soll das bedeuten?

OLIVIER.

Etwas das mir wenig Ehre macht, wofern ihr hören wollt, wer ich bin, und wo und wie und warum dieses Schnupftuch mit Blut beflekt worden.

CELIA.

Ich bitte euch, erzählt es.

OLIVIER.

Als der junge Orlando euch verließ, versprach er euch, in einer Stunde wieder zu kommen; und da er nun so durch den Wald fortschritt, und seinen bittersüssen Einbildungen nachhieng, warf er ungefehr seine Augen auf die Seite, und sahe unter einer alten bemooßten Eiche einen elenden zerlumpten Mann ganz mit Haaren überwachsen, der schlafend auf seinem Rüken lag; und um seinen Hals hatte sich eine grüne goldgeflekte Schlange geschlungen, die mit drohender Zunge seinem ofnen Mund sich näherte, aber da sie plözlich Orlando erblikte, sich wieder loßwand und in wallenden Ringen zum nächsten Busch fortschlüpfte; eine Löwin lag im Schatten dieses Gebüsches, mit ausgesognen Zizen und vorgerektem Kopf gleich einer Kaze laurend, bis der schlafende Mann sich bewegen würde; denn es ist die Art dieses königlichen Thiers, nichts das todt zu seyn scheint anzutasten. Wie Orlando dieses gewahr ward, näherte er sich dem Mann und sah daß es sein Bruder, sein ältester Bruder war.

CELIA.

O! ich hab ihn von diesem Bruder reden gehört; er beschrieb ihn als den unnatürlichsten, den je die Sonne angeschienen.

OLIVIER.

Das konnt' er mit Recht thun, denn ich weiß daß er's war.

ROSALINDE.

Aber was that Orlando? ließ er den Bruder dort zur Speise für die ausgesogne hungernde Löwin?

OLIVIER.

Zweymal kehrt er in dieser Absicht den Rüken, aber Güte, die immer edler ist als Rache, und die übermögende Macht der Natur zoge ihn zurük; er fiel die Löwin an, und legte sie bald zu seinen Füssen, und unter diesem Kampf erwacht' ich vom unglüklichen Schlummer.

CELIA.

Ihr seyd also dieser Bruder?

ROSALINDE.

Seyd ihr's den er errettet hat?

CELIA.

Seyd ihr's, der so viele Anschläge gemacht, ihn aus dem Wege zu räumen?

OLIVIER.

Ich war's, aber dieses ich ist nicht mehr; ich schäme mich nicht, euch zu erzählen was ich war, da meine Bekehrung mir das was ich bin, so angenehm macht.

ROSALINDE.

Aber das blutige Schnupftuch --

OLIVIER.

Ich bin dabey -- Nachdem wir uns erkannt, versöhnt und erzählt hatten, wie wir an diesen einöden Ort gekommen, führte er mich zu dem leutseligen Herzog, der Befehl gab, mich mit Speise zu erquiken und in einen anständigen Aufzug zu sezen. Sodann befahl er mich der Liebe meines Bruders an, der mich in seine

Grotte führte. Hier sah er erst, da er seinen Arm aufstreifte, daß ihm die Löwin im Kampf etwas Fleisch von seinem Arm abgerissen, welches alle diese Zeit über geblutet hatte; und nun wurde er ohnmächtig, und rief, indem er hinsank, nach Rosalinden -- Um die Erzählung kurz zu machen, so bracht ich ihn wieder zu rechte, verband seine Wunde, und eine kleine Weile darauf, als er sich wieder stark ums Herz fühlte, schikte er mich hieher, daß ich euch, wiewohl unbekannter Weise, diese Geschichte erzählen sollte, damit ihr sein gebrochnes Versprechen entschuldigen möchtet; und dieses mit seinem Blute gefärbte Schnupftuch dem jungen Schäfer zu geben, den er im Scherz seine Rosalinde nennt.

CELIA.

Wie, was fehlt euch, Ganymed, mein liebster Ganymed --

(Rosalinde wird ohnmächtig.)

OLIVIER.

Manche Personen fallen in Ohnmacht, wenn sie Blut sehen.

CELIA.

Das hat mehr zu bedeuten -- Liebster Ganymed --

OLIVIER.

Seht, er kommt wieder zu sich selbst --

ROSALINDE.

Ich wollt' ich wäre daheim.

CELIA.

Wir wollen euch heimführen. Wollt ihr so gut seyn, und ihm den Arm geben?

OLIVIER.

Seyd gutes Muths, Jüngling; ihr ein Mann? ihr habt kein männlich Herz.

ROSALINDE.

Das ist wahr, ich gesteh es. Ach, Sir, einer möchte denken, das war gut nachgemacht. Ich bitte euch, sagt euerm Bruder, wie gut ich mich verstellt habe -- hört ihr?

OLIVIER.

Das war keine Verstellung; eure Farbe giebt einen zu starken Beweis davon, das war Ernst.

ROSALINDE.

Blosse Verstellung, ich versichre euch.

OLIVIER.

Wohl dann, fasset ein Herz und stellt euch als ob ihr ein Mann wäret.

ROSALINDE.

Das thu ich auch; aber in der That, ich sollte von rechtswegen ein Weibsbild seyn.

CELIA.

Kommt, ihr seht immer blässer und blässer; ich bitte euch, kommt nach Hause; guter Sir, begleitet uns.

OLIVIER.

Das will ich, denn ich muß eine Antwort zurükbringen, wie ihr meinen Bruder entschuldiget, Rosalinde.

ROSALINDE.

Ich will mich auf etwas bedenken; aber ich bitte euch, preiset ihm an, wie gut ich meine Rolle gespielt -- Wollen wir gehen? *(Sie gehen ab.)*

*

Fünfter Aufzug.

ERSTE SCENE.

(Der Wald.)

Olivier und Orlando treten auf.

ORLANDO.

Ists möglich, eine so kurze Zeit mit ihr bekannt, und schon verliebt? Sie bloß zu sehen, und gleich zu lieben; bloß zu lieben, und gleich um ihre Gunst anzuhalten; und kaum um ihre Gunst anzuhalten, und sie schon erhalten? Und seyd ihr also fest entschlossen sie zu besizen?

OLIVIER.

Laßt euch weder die Plözlichkeit der Sache, noch ihre Armuth, noch die kurze Bekanntschaft, noch mein schnelles Bewerben, noch ihre schnelle Einwilligung irre machen; sondern sagt mit mir, daß ich Aliena liebe; sagt mit ihr, daß sie mich liebt, gebt uns euern Beyfall, es wird euch nicht schädlich seyn; denn meines Vaters Haus und alle Güter, die Sir Rolanden zugehörten, will ich auf euch übertragen, und hier als ein Schäfer leben und sterben.

Rosalinde kommt zu ihnen.

ORLANDO.

Ihr habt meinen Beyfall. Laßt gleich morgen eure Hochzeit seyn, ich will den Herzog und alle seine muntern Gesellschafter dazu einladen; geht und bereitet Aliena dazu vor, denn seht ihr, hier kommt meine Rosalinde.

ROSALINDE.

Seyd mir gegrüßt, Bruder.

OLIVIER.

Und ihr, schöne Schwester.

ROSALINDE.

O mein liebster Orlando, wie schmerzt es mich, daß ich sehen muß, daß du dein Herz in einer Schärpe trägst!

ORLANDO.

Es ist nur mein Arm.

ROSALINDE.

Ich dachte, dein Herz sey von den Klauen eines Löwen verwundet worden.

ORLANDO.

Verwundet ist es, aber von den Augen einer Dame.

ROSALINDE.

Sagte euch euer Bruder, wie ich mich stellte, als ob ich in Ohnmacht sänke, da er mir euer Schnupftuch zeigte?

ORLANDO.

Ja, und noch wunderbarere Sachen dazu.

ROSALINDE.

O, ich weiß was ihr meynt; nun das muß ich gestehen, schneller kan nichts zugehen, als daß zwo Widder einander bey den Hörnern kriegen, sobald sie sich sehen; das gieng wie Cäsars thrasonische Pralerey, ich kam, ich sah, ich siegte; denn euer Bruder und meine

Schwester kamen nicht sobald, so sahen sie; sahen nicht sobald, so seufzten sie; seufzten nicht sobald, so fragten sie einander um die Ursache; und wußten nicht sobald die Ursache, so suchten sie das Mittel dagegen; und diese Treppe zum Ehstand sind sie so schnell mit einander hinaufgestiegen, daß man sie nun recht schnell zu einem Paar machen muß, wenn nicht ein Unglük begegnen soll. Sie sind recht mit der Liebeswuth behaftet, sie wollen zusammen; man würde sie mit Keulen nicht von einander bringen.

Orlando.

Bis morgen sollen sie verheurathet seyn; und ich will den Herzog zu der Hochzeit bitten. Aber o! wie eine bittre Sache ist das, durch andrer Leute Augen in die Glükseligkeit zu schauen! Desto schwehrer wird mirs morgen ums Herze seyn, je mehr ich meinen Bruder im Besiz dessen was er wünschet, glüklich sehen werde.

Rosalinde.

Wie? also kan ich morgen nicht auch eurer Rosalinde Stelle vertreten?

Orlando.

Ich kan nicht länger vom Denken leben.

Rosalinde.

So will ich euch auch nicht länger mit unnüzen Reden plagen. Wisset also, denn nun red' ich im Ernst, daß ich euch als einen Edelmann von Verdiensten kenne. Ich sage das nicht, um euch eine gute Meynung von meinem Verstande beyzubringen; ich verlange nicht mehr Hochachtung von euch, als dazu nöthig ist euch zu bewegen, daß ihr euch selbst Gutes thut, und nicht um meines Vortheils willen. Glaubet also, wenn es euch beliebt, daß ich wunderbare Dinge thun kan; ich bin von meinem vierten Jahr an um einen Zauberer gewesen, der in seiner Wissenschaft ungemein war, und doch dazu keine unerlaubte Mittel brauchte. Wenn ihr Rosalinden so herzlich liebt, als ihr äusserlich zu erkennen gebt, so sollt ihr sie in eben dem Augenblik heurathen, da euer Bruder die Aliena heurathet. Ich weiß in was für enge Umstände das Schiksal sie getrieben hat, und wenn es euch nicht anders beliebt, so ist es mir nicht unmöglich, sie bis morgen vor eure Augen zu stellen; in ihrer eignen Person, und Gestalt, und ohne einige Gefahr.

ORLANDO.

Sprichst du im Ernst?

ROSALINDE.

Bey meinem Leben, ich spreche im Ernst; und ich liebe mein Leben zärtlich, wenn ich schon sage, daß ich ein Zauberer bin: puzt euch also so hübsch auf als ihr könnt; denn wenn ihr morgen verheurathet seyn wollt, so sollt ihr, und mit Rosalinden, wenn ihr wollt.

*

ZWEYTE SCENE.

Sylvius und Phöbe zu den Vorigen.

ROSALINDE.

Seht, hier kommt eine Liebhaberin von mir, und ein Liebhaber von ihr.

PHÖBE.

Junger Mensch, ihr seyd nicht artig mit mir umgegangen, daß ihr den Brief gezeigt habt, den ich euch geschrieben habe.

ROSALINDE.

Darum bekümmre ich mich wenig; ich studire recht darauf, euch unartig und verächtlich zubegegnen. Ihr werdet von einem getreuen Schäfer gesucht, seht ihn an, liebt ihn; er betet euch an.

PHÖBE.

Du guter Hirt, sage diesem Jüngling was lieben ist.

SYLVIUS.

Es ist, aus lauter Seufzern und Thränen zusammengesezt seyn; und das bin ich für Phöbe.

PHÖBE.

Und ich für Ganymeden.

ORLANDO.

Und ich für Rosalinde.

ROSALINDE.

Und ich für kein Weibsbild.

SYLVIUS.

Es ist, aus lauter Treue und Aufwartsamkeit zusammengesezt seyn, und das bin ich für Phöbe.

PHÖBE.

Und ich für Ganymeden.

ORLANDO.

Und ich für Rosalinde.

ROSALINDE.

Und ich für kein Weibsbild.

SYLVIUS.

Es ist, aus lauter Phantasie zusammengesezt seyn, aus lauter Leidenschaft, aus lauter Wünschen, aus lauter Anbetung, Ehrfurcht und Unterthänigkeit, aus lauter Demuth, lauter Geduld und Ungeduld, aus lauter Reinigkeit, lauter Ergebenheit, aus einer Treue die alle Proben aushält; und das bin ich für Phöbe.

PHÖBE.

Und das bin ich für Ganymeden.

ORLANDO.

Und das bin ich für Rosalinde.

ROSALINDE.

Und das bin ich für kein Weibsbild.

PHÖBE *zu Rosalinde.*

Wenn es so ist, warum tadelt ihr mich daß ich euch liebe?

SYLVIUS *zu Phöbe.*

Wenn es so ist, warum tadelt ihr mich daß ich euch liebe?

ORLANDO.

Wenn es so ist, warum tadelt ihr mich daß ich euch liebe?

ROSALINDE.

Zu wem sagt ihr das?

ORLANDO.

Zu der, die nicht hier ist, und mich nicht hört.

ROSALINDE.

Ich bitte euch, nichts mehr hievon; das kommt heraus, wie wenn die Wölfe in Irrland gegen den Mond heulen. Ich will euch helfen wenn ich kan; ich wollte euch lieben wenn ich könnte; Morgen kommen wir alle wieder zusammen; *(zu Phöbe.)* Ich will euch heurathen wenn ich jemals ein Weibsbild heurathe, und heurathen will ich morgen; *(zu Orlando.)* Ich will euch befriedigen, wenn ich anders einen Mann befriedigen kan, und ihr sollt morgen eine Frau bekommen; *(zu Sylvius.)* Ich will euch vergnügt machen, wenn das was euch gefällt, euch vergnügen kan, und ihr sollt morgen eine Frau haben. Ein jedes unter euch komme, so lieb ihm das ist was es liebt; und hiemit gehabt euch wohl, ihr wißt meine Befehle.

SYLVIUS.

Ich will nicht zurükbleiben, wenn ich lebe.

PHÖBE.

Noch ich.

ORLANDO.

Noch ich.

(Sie gehen alle ab.)

(Hier folgt im Original eine kleine unübersezliche Zwischen-Scene, zwischen dem Narren, seiner Liebste, und zween Pagen, die ein Liedlein singen.)

*

DRITTE SCENE.

(Verwandelt sich in einen andern Theil des Waldes.)

Der Alte Herzog, Amiens, Jaques, Orlando, Olivier und Celia.

HERZOG.

Glaubst du, Orlando, daß der Junge im Stand ist, das alles was er versprochen hat, zu halten?

ORLANDO.

Bald glaub ichs, bald nicht; wie diejenigen thun die sehnlich wünschen, und Ursache haben zu fürchten.

Rosalinde, Sylvius, Phöbe, zu den Vorigen.

ROSALINDE.

Noch ein wenig Geduld, bis unser Vergleich in Richtigkeit gebracht ist. *(Zum Herzog.)* Ihr sagt, wenn ich euch eure Rosalinde bringe, so wollt ihr sie diesem Orlando geben?

HERZOG.

Das wollt ich, und wenn ich Königreiche mit ihr zu geben hätte.

ROSALINDE *zu Orlando.*

Und ihr sagt, ihr wollt sie haben, wenn ich sie euch bringe?

ORLANDO.

Das wollt ich, und wenn ich König über alle Königreiche wäre.

ROSALINDE *(zu Phöbe).*

Ihr sagt, ihr wollt mich heurathen wenn ich will?

PHÖBE.

Das will ich, und sollt ich die Stunde darauf sterben.

ROSALINDE.

Aber wenn ihr selbst euch weigert mich zu nehmen, so wollt ihr euch diesem getreuesten unter allen Schäfern schenken?

PHÖBE.

So ist die Wette.

ROSALINDE *(zu Sylvius)*.

Ihr sagt ihr wollt Phöbe haben, wenn sie euch will?

SYLVIUS.

Das will ich, wenn gleich der erste Augenblik da ich sie hätte, Tod für mich wäre.

ROSALINDE.

Ich habe versprochen, alle diese Dinge ins reine zu bringen. Halte nur ein jedes unter euch, was es versprochen hat; ich gehe, um diese Zweifel alle aufzulösen.

(Rosalinde und Celia gehen ab.)

HERZOG.

Ich bemerke an diesem Schäfer-Knaben einige ganz eigene Züge von meiner Tochter.

ORLANDO.

Milord, wie ich ihn das erstemal sah, däucht' es mich, es wäre ein Bruder von eurer Tochter; aber er ist in diesem Walde gebohren, und in den Anfangsgründen von allerley verzweifelten Künsten von einem Oheim unterrichtet worden, den er als einen grossen Zauberer beschreibt, der sich in diesem Walde aufgehalten.

*

VIERTE SCENE.

Harlequin und Audrey, seine Liebste zu den Vorigen.

JAQUES.

Ich glaube wahrhaftig, es ist eine andre Sündflut nahe, daß die Thiere so paarweis zur Arche kommen. Hier kommt ein andres Paar von unreinen Thieren, die in allen Sprachen der Welt Narren genennt werden.

HARLEQUIN.

Meinen Gruß zuvor, ihr Herren.

JAQUES.

Mylord, heisset ihn willkommen. Das ist der Edelmann im Flekenkleid, den ich so oft im Walde angetroffen habe; er schwört, er sey ein Hofmann gewesen.

HARLEQUIN.

Wenn jemand daran zweifelt, so laß er sich die Probe von mir machen. Ich habe das Pflaster getreten, ich habe einer Dame den Hof gemacht, ich bin politisch gegen meinen Freund und schmeichelhaft gegen meinen Feind gewesen, ich habe drey Schneider zu grunde gerichtet, ich habe viermal Händel gehabt, und über einem mich bey nahe geschlagen.

JAQUES.

Und wie wurde das ausgemacht?

HARLEQUIN.

In der That wir kamen zusammen, und fanden, unser Wortwechsel sey über die siebende Ursache.

JAQUES.

Die siebende Ursache? Wie so? – Milord gefällt euch dieser Bursche nicht?

HERZOG.

Sehr wohl.

HARLEQUIN.

Gott vergelt es euch, Sir, ich wünsche mir Anlas, es euch wett zu machen. Ich eile, Sir, unter den übrigen copulativen Geschöpfen dieser Gegend auch herzu, zu schwören und falsch zu schwören, wie die Eh oder das rebellische Blut es haben will; eine arme Jungfer, Sir, ein unansehnliches Ding, Sir, aber die ich lieb habe; es ist so eine wunderliche Art von mir, Sir, daß ich nehme was sonst niemand will. Reiche Unschuld wohnt hier in einem armen Haus, wie eure Perle in eurer faulen Muschel.

HERZOG.

Bey meiner Treue, er ist sehr beschlagen und spruchreich.

JAQUES.

Aber die siebente Ursach; wie fandet ihr den Handel über die siebente Ursach?

HARLEQUIN.

Ueber eine siebenmal abgelehnte Lüge (tragt euern Leib anständiger, Audrey) zum Exempel, Sir, ich tadelte die Art wie eines gewissen Hofjunkers Bart gestuzt war; er sagte mir dagegen, wenn ich sagte, sein Bart sey nicht recht gestuzt, so sey er der Meynung, er sey recht; das nennt man die *höfliche Retorsion*. Wenn ich fortfuhr, er sey nicht recht gestuzt, so sagte er mir zurük, er stuze seinen Bart für seine eigene Freude; diß nennt man die *spizige Antwort*. Wenn ich zum drittenmal sagte, er sey nicht recht gestuzt, so erwiederte er, ich verstehe mich nichts darauf; diß nennt man die *grobe Antwort*. Wenn ich zum vierten mal behauptete, der Bart sey nicht recht gestuzt, so antwortete er, ich spräche nicht wahr; das nennt man den *herzhaften Verweiß*. Blieb ich dennoch dabey, der Bart sey nicht recht gestuzt, so sagte er ich lüge; das nennt man den *händelmäßigen Schimpf*, und darauf folgte die *circumstantial-Lüge*, und die *directe Lüge*.

JAQUES.

Und wie oft sagtet ihr, sein Bart sey nicht recht gestuzt?

HARLEQUIN.

Ich durfte nicht weiter gehen als zur circumstantial-Lüge, und er war verbunden, mir dagegen die directe Lüge in den Bart zu werfen, und so maassen wir unsre Degen und giengen wieder heim.

JAQUES.

Könnt ihr izt die *Grade der Lüge* nennen?

HARLEQUIN.

O Sir, wir zanken uns nach einem gedrukten Buch (*) wie ihr Bücher für die guten Manieren habt. Ich will euch die Grade nennen. Der erste, die höfliche Retorsion; die andre, die spizige Antwort; der dritte, die grobe Antwort; der vierte, der herzhafte Verweis; der fünfte, der händelmäßige Schimpf, der sechste, die circumstantial-Lüge, der siebente, die directe Lüge. Alle

(*) Der Poet deutet hiemit auf einen lächerlichen Tractat eines gewissen *Vincentio Saviolo*, welcher unter dem Titel von der Ehre, und von Ehren-Händeln im Jahr 1594. bey Wolf in 4to gedrukt worden, und Anweisung giebt, wie ein Dementi in gehöriger Form zu geben, auszuweichen, zurük zu geben, und zu rächen sey. Die subtile Metaphysik, welche der Harlequin in dieser Scene vorträgt, ist aus diesem Werke genommen; und die von ihm recensirten Gattungen der Lügen, machen so viele Capitel in demselben aus.

diese kan man *ausweichen*, ausser die directe Lüge; und auch diese könnt ihr durch ein *Wenn* vermeiden. Ich weiß, daß manchmal sieben Richter einen Handel nicht ausmachen konnten; wenn aber die Partheyen zusammen kamen, besann sich einer nur auf ein *wenn*; als, wenn ihr so gesagt habt, so sagte ich so; und sie schlugen ein, und schwuren Brüderschaft. O! das Wenn ist der beste Friedenstifter; es stekt eine Wunderkraft im Wenn.

JAQUES.

Ist das nicht ein seltner Bursche, Milord? Er ist zu allem gut, wenn er schon ein Narr ist.

*

FÜNFTE SCENE.

Rosalinde als ein Frauenzimmer, und Celia.

ROSALINDE *(zum Herzog)*.

Euch geb ich mich selbst; denn ich bin euer; *(zu Orlando)* und euch geb ich mich selbst, denn ich bin euer.

HERZOG.

Wenn ich meinen Augen trauen darf, so seyd ihr meine Tochter.

ORLANDO.

Wenn ich meinen Augen trauen darf, so seyd ihr meine Rosalinde.

PHÖBE.

Wenn ich meinem Gesicht und dieser Gestalt glauben darf, so fahre wohl, meine Liebe.

ROSALINDE *(zum Herzog).*
Ich will keinen Vater haben, wofern ihr's nicht seyd; *(zu Orlando)* ich will keinen Gemahl haben, wofern ihr's nicht seyd; *(zu Phöbe)* und wenn ich jemals eine Frau nehme, so sollt ihrs seyn.

DER HERZOG *(zu Celia)*
O meine liebste Nichte, sey mir willkommen, nicht weniger willkommen als meine eigne Tochter.

*

SECHSTE SCENE.

Jacob de Boys zu den Vorigen.

JACOB DE BOYS.
Gönnet mir Gehör für zwey oder drey Worte. Ich bin der zweyte Sohn des alten Sir Roland, und bringe dieser schönen Gesellschaft die Zeitung, daß Herzog Friedrich, auf die Nachricht, daß jeden Tag Männer von grossem Werth sich in diesen Wald zurükzögen, eine ansehnliche Macht auf die Beine brachte, in der Absicht sie hieher zuführen; seinen Bruder gefangen zu nehmen und zu tödten; allein da er an die Grenzen dieses wilden Forstes kam, traf er einen Einsiedler an, der nach einigen Fragen, ihn bewog, seinem Vorsaz und der Welt zu entsagen, seine Crone seinem Bruder zu vermachen, und allen denen, die mit demselben vertrieben worden, ihre eingezognen Güther wieder zu geben. Daß dieses wahr sey, verbürge ich mit meinem Leben.

HERZOG.

Willkommen, junger Mann; du bringst deinen Brüdern ein schönes Hochzeit Geschenk; dem einen seine eingezognen Güther, dem andern ein mächtiges Fürstenthum. Izt laßt uns vor allen Dingen in diesem Walde vollziehen, was darinn wohl angefangen worden; dann soll ein jeder von diesem glüklichen Hauffen, die soviel harte Tage und Nächte mit uns ausgehalten haben, die Vortheile unsers wiederhergestellten Glüks mit uns theilen. Unterdessen vergeßt die uns neuzugefallne Würde, und kehrt zu euern ländlichen Ergözungen zurük. Beginnet die Music, und ihr Bräute und Bräutigams allezusamen fangt den frölichen Tanz an.

JAQUES.

Milord, mit eurer Erlaubniß; wenn ich recht gehört habe, so hat Herzog Friedrich das Kloster-Leben erwählt, und dem Hof gute Nacht gegeben.

JACOB DE BOYS.

So hat er.

JAQUES.

Ich will also zu ihm; Bey dergleichen Neubekehrten giebt es Anlaß viel zu hören und viel zu lernen. *(Zum Herzog)* Ich überlasse euch eurer ehmaligen Würde; ihr habt sie durch eure Geduld und Tugend wohl verdient; *(zu Orlando)* euch eurer Geliebten, eure treue Liebe macht euch ihrer werth; *(zu Olivier)* euch euern wiedergeschenkten Gütern, eurer Liebe, und euern grossen Verwandten; *(zu Sylvius)* euch einem lang und wohlverdienten Brautbette, *(zum Harlequin)* und dich einem zänkischen Ehstand, denn deine Liebesreise ist nur auf zwey Monate verproviantirt. Und so beginnet eure. Freuden; die meinigen gehen nicht nach dem Tact.

HERZOG.

Bleib, Jaques, bleib.

JAQUES.

Ich würde nur lange Weile dabey haben, ich; ich will mich in eure verlassene Höle zurükziehen, und dort erwarten, was ihr mir ferner zu befehlen habt.

(Er geht ab.)

HERZOG.

Fangt an, fangt an; wir wollen eure Vermählung so vergnügt anfangen, als wir hoffen, daß sie bis zum Ende dauren werde.

*

EDITORISCHER ANHANG.

VORBEMERKUNG

Der Text dieser Ausgabe folgt in Orthographie und Zeichensetzung dem Erstdruck in *Shakespear Theatralische Werke. Aus dem Englischen übersezt von Herrn Wieland. 2. Band. Zürich, bey Orell Geßner, und Comp. 1763.*

Für die Einzelanmerkungen zu unserer Neuausgabe wurden in der Hauptsache die im nachfolgenden Literaturverzeichnis enthaltenen Werke herangezogen. Die dabei aufgeführten *Works of Shakespear* in der Ausgabe von Pope und Warburton 1747 sowie das *Dictionnaire Royal* von Abel Boyer dienten Wieland nach seinen eigenen Angaben als Grundlagen seiner Übertragung. Darüber hinaus hat er mit Sicherheit auch Johnsons *Dictionary* benützt.

Warburtons zahlreiche Fußnoten – von Pope stammen nur wenige – hat Wieland zu einem kleinen Teil übernommen, entweder in wörtlicher Übersetzung oder in einer kurzen Zusammenfassung des ihm wesentlich Erscheinenden. Gelegentlich hat er auch eigene Bemerkungen hinzugefügt. Wenn bei einer Fußnote nicht sowieso schon aus dem Wortlaut hervorgeht, wer ihr Verfasser ist, so wird er in unseren *Notizen zum Text* genannt.

Die Prinzipien, durch welche sich die Herausgeber bei der Textgestaltung und bei den *Notizen zum Text* leiten ließen, sind in Band 1 in dem Abschnitt *Zur Neuausgabe von Wielands Shakespeare* näher erläutert.

Die englischen Shakespeare-Zitate in den *Notizen* und die Verweisungen auf den englischen Text richten sich in Wortlaut und Zählung nach *The Arden Shakespeare.* Gelegentlich abweichende Lesarten Pope-Warburtons sind zusätzlich angegeben, wenn sie für Wielands Übertragung von Bedeutung waren.

Wielands Szeneneinteilung entspricht nicht der heute üblichen, sondern folgt der von Pope-Warburton.

LITERATURVERZEICHNIS

AA = *Wielands Gesammelte Schriften.* Hrsg. von der Deutschen Kommission der Königlich Preußischen Akademie der Wissenschaften. II. Abteilung: *Übersetzungen.* Bd. 1-3: *Shakespeares theatralische Werke.* Hrsg. von Ernst Stadler. Berlin 1909-1911. (In Bd. 1: *Wie es euch gefällt*, dazu Lesarten und Erläuterungen in Bd. 3.) – Reprint Hildesheim 1987.

Adelung, Johann Christoph: *Versuch eines vollständigen grammatisch-kritischen Wörterbuches der Hochdeutschen Mundart, mit beständiger Vergleichung der übrigen Mundarten, besonders aber der oberdeutschen.* 5 Tle. Leipzig 1774-1786.

Arden = William Shakespeare: *As you like it.* Edited by Agnes Latham. London and New York 1984. (The Arden Edition of the Works of William Shakespeare. University Paperback 567.)

Boyer, Abel: *Dictionnaire Royal, francois-anglois et anglois-francois. Nouvelle edition.* 2 Bde. London 1756. (Bd. 2: Englisch-französisch, z. T. mit zusätzlichen englischen Umschreibungen.)
Dazu, weitgehend textgleich: *The Royal Dictionary abridged. In two Parts . . . The seventh Edition . . . By Mr. A. Boyer.* London 1747.

Campe, Joachim Heinrich: *Wörterbuch zur Erklärung und Verdeutschung der unserer Sprache aufgedrungenen fremden Ausdrücke. Zweite, verbesserte, und mit einem dritten Band vermehrte Auflage.* 3 Bde. Grätz 1808/09.

Deutsches Wörterbuch von Jacob und Wilhelm Grimm. 33 Bde. Leipzig 1854-1971. Reprint München 1984.

Eschenburg/Eckert = *Willhelm Shakespears Schauspiele. Von Joh. Joach. Eschenburg. Neue verbesserte Auflage.* 22 Bde. Straßburg (6. Bd.: Mannheim und Straßburg; 9., 11., 13., 15.-22. Bd.: Mannheim) 1778-1783. (In Bd. 3: *Wie es euch gefällt.*) – Dieser sogenannte Mannheimer Shakespeare ist ein unberechtigter, jedoch durch den

Mannheimer Professor Gabriel Eckert vielfach verbesserter Nachdruck der in 13 Bänden in Zürich 1775-1782 erschienenen Übersetzung Eschenburgs.

Fischer, Hermann: *Schwäbisches Wörterbuch.* 6 Bde. Tübingen 1904-1936.

Fischer, Hermann und Taigel, Hermann: *Schwäbisches Handwörterbuch.* Tübingen 1986.

Itkonen, Kyösti: *Die Shakespeare-Übersetzung Wielands (1762-1766). Ein Beitrag zur Erforschung englisch-deutscher Lehnbeziehungen.* Jyväskylä 1971. (Studia Philologica Jyväskyläensia VII.)

Johnson, Samuel: *A Dictionary of the English Language ...* 2 Bde. London 1755.
Und: *A Dictionary of the English Language ... Abstracted from the Folio Edition, By the Author ... The sixth Edition, corrected by the Author.* 2 Bde. London 1778.

Onions, Charles Talbut: *A Shakespeare Glossary. Enlarged and revised throughout by Robert D. Eagleson.* Oxford 1986.

Reclam = William Shakespeare: *As you like it/Wie es euch gefällt.* Englisch/deutsch, übersetzt und hrsg. von Herbert Geisen und Dieter Wessels. Stuttgart 1981. (Universal-Bibliothek Nr. 7734.)

Schmeller, Johann Andreas: *Bayerisches Wörterbuch. 4. Neudruck der von G. Karl Frommann bearbeiteten 2. Ausgabe München 1872-77.* 2 Bde. München, Wien bzw. Aalen 1983.

Stadler, Ernst: *Wielands Shakespeare.* Straßburg 1910. (Quellen und Forschungen zur Sprach- und Culturgeschichte der germanischen Völker, 107.)

Warburton = *The Works of Shakespear. The Genuine Text (collated with all the former Editions, and then corrected and emended) ... By Mr. [Alexander] Pope and Mr. [William] Warburton.* 8 Bde. 1747. – Von dem Werk erschienen in London und in Dublin zwei separat gesetzte und gedruckte Ausgaben. (In Bd. 2: *As you like it*; in Bd. 8: *Index of the Characters, Sentiments, Similies, Speeches and Descriptions in Shakespeare* bzw. *A Glossary, explaining the obsolete and difficult Words.)*

Die Literatur zum Thema Wieland und Shakespeare verzeichnen bis etwa 1981 die *Wieland-Bibliographie* von Gottfried Günther und Heidi Zeilinger, Berlin und Weimar 1983, und daran anschließend die *Wieland-Studien*, Band 1, hrsg. vom Wieland-Archiv Biberach und von Hans Radspieler, Sigmaringen 1991. – Hingewiesen sei weiter auf Klaus Reichert: *Im Hinblick auf eine Geschichte des Übersetzens*, in: *Sprache im technischen Zeitalter*, Jg. 1981, S. 196-206.

Zu Fragen über Shakespeare und sein Werk sowie über die Probleme der Shakespeare-Philologie gibt umfassend Auskunft: *Shakespeare-Handbuch. Die Zeit – Der Mensch – Das Werk – Die Nachwelt.* Unter Mitarbeit zahlreicher Fachwissenschaftler hrsg. von Ina Schabert. Mit einem Geleitwort von Wolfgang Clemen. 3. Aufl. Stuttgart 1992.

NOTIZEN ZUM TEXT

(In Kursiv erscheinen im folgenden alle Zitate aus Wielands Text, aus dem englischen Original und aus der jeweils genannten Literatur, ebenso die Titel der angeführten Veröffentlichungen.)

Seite, Zeile

5,11 *Le Beu:* Wieland verwendet mit Warburton statt *Le Beau* noch die ältere Form.

5,19 *Probstein:* Deutsche Übersetzung des englischen *Touchstone.* Ein *Probier-Stein* dient zur Prüfung der *Feinheit des Silbers und Goldes* und bedeutet figürlich *dasjenige, durch dessen Mittel die Beschaffenheit einer Sache erkannt wird* (Adelung).

5,19 *Pikelhäring:* Warburton bezeichnet Touchstone als *Clown. Pickelhäring* ist die *lustige Person auf der Schaubühne, und in weiterer Bedeutung ein jeder Possenmacher* (Adelung). – Interessant ist Wielands Auffassung von der Figur des Clown: Während er das Wort zum Teil mit *Bauer* wiedergibt (siehe unten die Notizen zu 22,10, sowie zu Bd. 1, *Ein St. Johannis Nachts-Traum,* 113,8, und zu Bd. 10, *Antonius und Cleopatra,* 6,2, unserer Ausgabe), oder es ganz wegläßt (siehe die Notiz zu Bd. 6, *Der Kauffmann von Venedig,* 5,14) überträgt er es im passenden Kontext mit den in Deutschland bereits bekannten Namen *Pikelhäring* und *Harlequin* (siehe Notiz zu Bd. 4, *Maaß für Maaß,* 5,21). Zuletzt (siehe Bd. 19, *Was ihr wollt,* in der Inhaltsangabe zu I, 6 seiner Zählung) erkennt er ihm eine speziell für die englische Bühne typische Rolle zu und übernimmt das Wort *Clown* wörtlich, das seit dieser Zeit in Deutschland heimisch wird. Vgl. dazu auch Itkonen.

5,24 *Phebe:* Die englische Schreibweise tritt nur hier auf, im Stück selbst schreibt Wieland *Phöbe.*

8,1 *Hindinnen: hinds* (I, 1, 19) ist bei Shakespeare hier im Sinne der auch bei Boyer und Johnson verzeichneten Bedeutung ›Knechte, Diener‹ zu verstehen. Wieland faßt das Wort anders auf und fügt *in seinem Parc* noch eigens hinzu.

11,5 *scheert:* Im Original *scherrt,* was wohl mit AA als Druckfehler zu betrachten ist.

12,4 *Fechter: wrestler* (I, 1, 89), also ein *Ringkämpfer* (Reclam). –

Der Ausdruck ist von Wieland hier allgemein im Sinne von ›Kämpfer‹ verwendet.

12,23 *Elend: exile* (I, 1, 101). – Wieland gebraucht den Ausdruck in der ursprünglichen, schon zu seiner Zeit veralteten Bedeutung *fremdes Land, so fern der Aufenthalt in demselben als eine Strafe, oder als eine Widerwärtigkeit angesehen wird* (Adelung).

13,31 *wenn er es an mich brächte: if he come in* (I, 1, 129). – Der Ausdruck ›es an einen bringen‹ = ›jemanden zum Zweikampf auffordern‹ kommt im 18. Jahrhundert besonders im Schwäbischen vor.

14,10 *ihn:* Das Verb *abraten* wurde im 18. Jahrhundert mit dem Akkusativ verbunden.

16,19f. *was er dir ... genommen hat:* eigentlich *what he hath taken away from thy father* (I, 2, 18f.).

18 Fußnote Z. 3: *ausdruken:* Von AA als Druckfehler betrachtet und in *ausdrüken* geändert; zu Wielands Zeit waren jedoch beide Formen üblich (Adelung).

19,19 *nie keine:* Die doppelte Verneinung, die eine Verstärkung bedeutete, wurde von Wieland in seiner Biberacher Zeit häufig verwendet, galt jedoch bereits als veraltet oder als provinziell. Siehe auch die Notiz zu *König Lear*, 93,28 unserer Ausgabe.

20,15 *einschoppen:* ›Schoppen‹, das *im Hochdeutschen wenig gehöret wird* (Adelung), bedeutet im Schwäbischen heute noch soviel wie ›stopfen‹.

21,2 *von was für Farbe: Of what colour* (I, 2, 93). Die im Englischen bereits mögliche Bedeutung des Begriffs ›Farbe‹ als ›Art, Sorte‹ (Johnson umschreibt mit dem Hinweis auf Shakespeare u. a. mit *kind, species, character*) wurde erst durch Wielands Übertragung als sogenannte Bedeutungsentlehnung in die deutsche Sprache eingeführt (Itkonen).

21,19,20
und 24 *Ihnen ... Sie ... Ihnen:* Im Original klein geschrieben.

22,10 *Harlequin:* Im Druckfehlerverzeichnis aus *Bauer* geändert (siehe dazu oben die Notiz zu 5,19). Warburton hat hier *Clown*. Die Sprechernamen an dieser verschieden gedeuteten Stelle (I, 2, 113f.) wechseln in den älteren Ausgaben, Arden zieht die Äußerung Harlequins zur vorhergehenden Bemerkung Rosalindes, wodurch dort *bills* statt mit *Hellebarden* mit *Plakaten* zu übersetzen wäre (Reclam). Wieland folgt hier Warburton.

26,22 *nur einmal fallen: try but one fall* (I, 2, 192), d. h. nur eine Runde kämpfen.

29 Fußnote Z. 11ff.: ›Und wer zehn Jahre lang bis in seine letzten Tage den Preis im Liebesgefecht behauptet hat, wird es schließlich überdrüssig, dem Volk als Quintaine zu dienen.‹ Régnier, Mathurin (1573-1613): Satyre XIII (Macette), Vers 3-5. Die Fußnote stammt von Warburton.

32,14 *Werkeltags-Welt: working-day world* (I, 3, 12). – Der deutsche Ausdruck, eine Übertragung der Shakespeareschen Neubildung, gehört zu den zahlreichen Wörtern, durch die, wie Kyösti Itkonen zeigt, Wielands Shakespeare-Übersetzung die deutsche Sprache bereichert hat. Er wurde später u. a. von Goethe, Jean Paul und Heine verwendet.

33,23-33,27 Diese Zeilen (I, 3, 34-36) stehen bei Warburton bereits am Beginn der 9. Szene.

38,13 *Aliena:* lat. = die Fremde.

39,13 *Keiffen: chiding* (II, 1, 7). – Keifen bedeutet im Oberschwäbischen auch soviel wie ›Bewegungen mit dem Kiefer machen‹, also ›nagen, kauen‹.

39,19 *scheulich: ugly* (II, 1, 13). – Hier ›Scheu erregend, häßlich‹.

39,20 *Kleinod in ihrem Haupte: jewel in his head* (II, 1, 14). – Die Vorstellung hat ihre Entsprechung auch im deutschen Volksglauben; Steine aus dem Kopf von Kröten, schon von Albertus Magnus erwähnt, schützen vor Krankheit, Unglück und Zauber. Im Original der Druckfehler(?) *an ihrem Haupte.*

39,22 *rennenden Bächen: running brooks* (II, 1, 16). – ›Rennen‹ ist die schon zu Wielands Zeit veraltende Form von ›rinnen‹.

44,19 *sparsamen:* Hier soviel wie ›wenigen‹.

45,10 *du wartest einem . . . Baum:* Der Dativ bei ›warten‹ im Sinne von ›Sorge für etwas tragen‹ ist eine schwäbische Eigenheit.

46,14f. *weil es . . . mit sich bringt:* Von Wieland in II, 4, 5 eingefügt.

48,18 *die Dutten: dugs* (II, 4, 46). – Soviel wie ›Zitzen‹.

49,14 *Veter:* Möglicherweise kein Druckfehler, sondern eine regionale bzw. altertümliche Form (siehe jedoch 62,14).

50,9 *Cabane: cote* (II, 4, 81). – Die Verwendung des französischen Wortes für ›Hütte‹ läßt darauf schließen, daß es in Wielands Umkreis offensichtlich als Fremdwort gebräuchlich war.

50,31-51,1 *wenn euch ... auf Erkundigung ansteht: if you like upon report* (II, 4, 95), d. h. ›wenn es euch auf den Bericht hin zusagt‹; von schwäbisch ›einem anstehen‹ = ›einem zusagen, passen‹.

53,16 *Duc ad me: Ducdame* (II, 5, 51; Warburton: *Duc ad me*). – Der englische Ausdruck, der möglicherweise nur Nonsens sein soll, wurde auf verschiedene Weise gedeutet. Wieland überträgt ihn in die lateinische Form von *Führ zu mir!* und gibt das dritte *Ducdame* mit der deutschen Entsprechung wieder.

56,10 *und da ist das Märchen alle: And thereby hangs a tale* (II, 7, 28), also eigentlich *Und daran hängt eine Geschichte* (Reclam). – Wielands Übersetzung ist möglicherweise dadurch zu erklären, daß er *to hang* bei Johnson mit dem Hinweis auf Shakespeare u. a. mit *to rest* erklärt fand.

57,14 *Purganz: medicine* (II, 7, 61). – *Purganz* = Abführmittel; Wieland drückt sich hier drastischer und dem Bild entsprechend aus.

57,18 *Zahlpfennig: counter* (II, 7, 63). – Soviel wie ›Rechenpfennig‹, d. h. eine münzenähnliche Marke, mit deren Hilfe gerechnet wurde.

57,22f. *als man immer in einem B**l [Bordell] finden mag: as the brutish sting itself* (II, 7, 66), also *wie der tierische Stachel selbst* (Reclam). – Diese Stelle kann als Beispiel für eine nicht selten bei Wieland anzutreffende Übersetzungstechnik gelten: er ersetzt den abstrakten Ausdruck durch die Angabe einer konkret vorstellbaren Situation, wodurch die Stelle drastischer wird.

61,14 *Pardel: pard* (II, 7, 150). – ›Panther‹ oder ›Leopard‹.

63,8f. *würde ich Ursache genug haben, meine Rache wegen des Abwesenden an dir zu nehmen: I should not seek an absent argument Of my revenge, thou present* (III, 1, 3f.), also *würde ich keinen abwesenden Gegenstand für meine Rache suchen, wenn du anwesend bist* (Reclam). Es handelt sich nicht um eine Fehlübersetzung oder ein Mißverständnis (so AA), sondern um den seltenen und altertümlichen Gebrauch von ›wegen‹ im Sinne von ›anstelle des eigentlich Gewünschten‹, ›in Vertretung von‹, ›anstelle‹ oder ›im Namen von‹. Adelung zitiert als Beispiel einen Satz von Christian Fürchtegott Gellert: *Die Freundschaft hält mich nie wegen der Liebe schadlos.*

65,30 *Mein Six: Truly* (III, 2, 36). – Die bei Wieland häufige Beteuerungsformel ist nicht als Anrufung des heiligen Sixtus zu verstehen, sondern als Euphemismus für ›Meine Seele‹.

66,29 *Unsre Lippen: Your lips* (III, 2, 58). – Bewußte Änderung?

67,17 *Incision: incision* (III, 2, 70), d. h. einen Einschnitt in einen schwer begreifenden Kopf. – Warburton erklärt hier: *To make incision was a proverbial expression then in vogue, to make to understand.*

69,17f. *auf dem linken Flügel abziehen: make an honourable retreat* (III, 2, 157).

70,14f. *Ich war schon sieben Tage von allen neunen aus dem Wunder: I was seven of the nine days out of the wonder* (III, 2, 171). Ein *nine days' wonder* bedeutet eine *kurzlebige Attraktion* (Reclam). Rosalind bezeichnet also die Inschrift als etwas, was sie nur wenig berührt. Es ist fraglich, ob Wieland diese Bedeutung gekannt oder den Text nur wörtlich übersetzt hat.

70,16f. *Pythagoras:* Anspielung auf Pythagoras' Lehre von der Seelenwanderung.

70,17 *Irrländische Kaze: Irish rat* (III, 2, 174). – Wahrscheinlich Druckfehler für *Raze.* Man schrieb den Irländern den Brauch zu, Ratten durch beschwörende Verse vertreiben zu wollen. Möglich ist auch eine bewußte Änderung: Wieland, der den irischen Brauch nicht kannte, fand eine Katze für Rosalinde angemessener.

71,18 *aufgestüzt: caparisoned* (III, 2, 192). – ›Aufstutzen‹ oder ›aufstützen‹ = ›aufputzen‹.

75,15 *ihre Ringe ausgefeilt: conned them out of rings* (III, 2, 268), also etwa: ›schöne Sinnsprüche, die gewöhnlich in die Ringe eingraviert waren, auswendig gelernt‹. – ›Ausfeilen‹ bedeutete im Süddeutschen soviel wie ›feilhalten‹; Wieland läßt Jaques also sagen, Orlando habe wohl für die Weiber der Goldschmiede Ringe feilgehalten und dabei die schönen

Sinnsprüche gelernt. ›Ausfeilen‹ kann auch im heutigen Sinne verstanden werden, dann hätte Orlando, bildlich gesprochen, ›die Sprüche den Ringen entnommen‹.

75,22 *Atalanta's Fußsolen:* Anspielung auf die wegen ihrer Schnelligkeit berühmte Jägerin Atalanta, eine Figur aus der griechischen Mythologie.

75,23f. *über unsre Mädchen, die Welt ...: against our mistress the world ...* (III, 2, 273), also eigentlich ›über unsere Herrin‹ (mit der Nebenbedeutung ›Geliebte‹), ›die Welt ...‹. – Möglicherweise ist *unsre* ein Druckfehler für *unser*.

76,21 Warburton läßt die achte Szene bereits mit dieser Rede des Orlando beginnen.

77,5 *den Fanfaron ... spielen: play the knave* (III, 2, 291), also ›zum Narren halten‹. *Fanfaron* = ›Großsprecher‹.

77,10 und 13 *Gloke ... Gloken: clock ... clock* (III, 2, 294 und 296). – Das englische Wortspiel war auch im Deutschen möglich, da ›Glocke‹ in der Frage ›Was ist die Glocke?‹ wie im Englischen gebraucht wurde.

78,7 *Bedunken:* Altertümlich bzw. provinziell für ›Bedünken‹.

79,23 *ungeschmakte Dinge: giddy offences* (III, 2, 341). – ›Ungeschmakt‹ bedeutet hier soviel wie ›abgeschmackt‹.

80,11 *jagt: haunts* (III, 2, 350), also eigentlich *durchgeistert* (Reclam).

80,20 *Liebes-Schauer: love-shaked* (III, 2, 357). – Neuprägung Wielands.

81,5f. *eure Manschetten offen, eure Strümpfe nicht aufgezogen: your bonnet unbanded, your sleeve unbuttoned* (III, 2, 369). – Ein Beispiel für eine auch sonst gelegentlich anzutreffende Umstellung und Änderung des Bildes so, wie es Wieland anschaulicher schien.

83,21 *Uebersezers:* AA sieht hier einen Druckfehler und schreibt *Uebersezens*.

84,16 *falschen: dissembling* (III, 4, 6). – ›Falsch‹ ist hier nicht im Sinne von ›unecht‹, sondern von ›betrügend, heuchelnd‹ gebraucht, d. h. nicht die Haarfarbe ist falsch, sondern der Träger dieser Farbe scheint ein Heuchler zu sein.

84,27f. *Friedenskuß eines heiligen eißgrauen Einsiedlers: touch of holy bread* (III, 4, 12f.), also ›die Berührung des heiligen Brotes, der Hostie‹. – Warburton bemerkt an dieser Stelle: *We should read* beard, *that is, as the kiss of an holy saint or hermit, called the* kiss of charity: *This makes the comparison just and decent; the other impious and absurd.*

85,15 *Gaudieb: horse-stealer* (III, 4, 21). – Kein Druckfehler für *Gauldieb*, sondern *eine im gemeinen Leben übliche Benennung eines listigen, verschlagenen Diebes, der mit Behendigkeit zu stehlen weis* (Adelung).

88,24 *Alltagsarbeit: ordinary . . . sale-work* (III, 5, 42f.). – Das von Wieland neugebildete Wort wurde, ebenso wie zahlreiche Zusammensetzungen mit *Alltags*-, seit seiner Shakespeare-Übersetzung im Deutschen gebräuchlich (Itkonen).

88,25f. *Das ist lustig, bey meiner Six: 'Od's* (= May God save) *my little life* (III, 5, 43). – Siehe die Notiz zu 65,30.

89,6 *lehret:* in Wielands Zeit soviel wie ›lernet‹, zwar bereits veraltet, obgleich *im gemeinen Leben noch häufig genug* (Adelung).

90,6 *In der That, Schäfer: Dead shepherd* (III, 5, 81). – Der englische Text ist eine Anspielung auf *Hero und Leander* von Christopher Marlowe. Warburton bezeichnet hier *Deed* als die bessere Lesart.

93,23 *Simpeln: simples* (IV, 1, 16). – Wieland hat das englische Wort für *a single ingredient in a medicine* (Johnson) hier ins Deutsche übernommen, während er es in *König Lear* mit dem lateinischen Wort *simplex* wiedergibt (siehe dort Notiz zu Bd. 2, 134,12 unserer Ausgabe).

96,24 *besser liebäugeln: of a better leer* (IV, 1, 64). – Gemäß der Bedeutung *leer = complexion, countenance* (Onions) gewöhnlich übersetzt mit ›von einer besseren Farbe, von einem besseren Aussehen‹. Wielands psychologisch feinere Übertragung ist jedoch ebenso möglich. Vgl. Reclam, Anmerkung zu IV, 1, 60 (nach der dortigen Zählung), wo die Übersetzung *lüsterner Blick* in Betracht gezogen wird. Boyer umschreibt das Wort *leer* mit *leering look, regard, oeillade*, Johnson mit *an oblique view*.

100,9 *wenn:* Soviel wie ›wann‹.

100,20 *vor einen Priester geht: goes before the priest* (IV, 1, 131f.). – ›Vorgehen‹ wurde auch temporal im Sinne von ›früher kommen, zuvorkommen‹ verwendet.

101,7f. *Calecuttischer Hahn: Barbary cock-pigeon* (IV, 1, 142). – Der englische, nicht bei Boyer oder Johnson verzeichnete Ausdruck meint die *Türkentaube* (vgl. Reclam-Anmerkung), der deutsche einen *Truthahn* oder *Puter* (Campe).

101,11 *Diana im Brunnen:* Wohl Anspielung auf den Schäferroman *Diana* des Portugiesen Jorge de Montemayor (ca. 1522-1561), erschienen 1559.

101,14 *weinen:* Warburton ersetzt die Lesart *sleep* (IV, 1, 148) durch *weep*.

103,8 *atheistischsten: pathetical* (IV, 1, 182). – Warburton bemerkt zu *pathetical: There is neither sense nor humour in this expression. We should certainly read* ATHEISTICAL. Orlandos Antwort *confirms it, that he would keep his promise* *with no less religion than* . . .

104,13 *von:* Druckfehler für *vom*? Der englische Text lautet *begot of thought* (IV, 1, 202).

104,14 *Phantasie: spleen* (IV, 1, 202). – Zur Übersetzung von *spleen* siehe die Notiz zu Bd. 1, *Ein St. Johannis Nachts-Traum*, 13,24 unserer Ausgabe.

106,16 *Rhodomont: the swaggerer* (IV, 3, 14). – Rodomonte ist der prahlerische Held aus dem Ritterepos *Orlando innamorato* von Matteo Maria Boiardo (ca. 1440-1494), das später von Lodovico Ariosto (1474-1533) in seinem *Orlando furioso* fortgesetzt wurde. Letzterer gehörte zum Bildungsgut des 18. Jahrhunderts, der Ausdruck *Rodomontade* wurde als Bezeichnung für Prahlerei benützt.

109,15-109,18 Der bei uns in Anführungszeichen gesetzte Text ist im Original durch Fettdruck hervorgehoben.

114,16 *sagt mit mir: say with me* (V, 2, 7f.). – *mit* fehlt im Original.

115,28 *thrasonische:* d. h. aufschneiderisch wie der Soldat Thraso in Terenz' *Eunuchus*.

116,8f. *Liebeswuth: wrath of love* (V, 2, 39). – Neubildung Wielands, später verwendet u. a. von Goethe, Schiller, A. W. Schlegel, E. T. A. Hoffmann und A. Zweig (Itkonen).

117,23 *Rosalinde:* Der Sprechername fehlt im Original, er hatte von der vorhergehenden Szene weiter zu gelten.

118,7 *zubegegnen:* Die (inkonsequent gehandhabte) Zusammenziehung von *zu* mit dem Verb ist eine Eigenart von Wielands Orthographie in seinen früheren Jahren.

120,5 *morgen:* Das Wort ist im Original versehentlich ausgelassen. Der englische Text lautet *married tomorrow* (V, 2, 115).

123,16 *das Pflaster getreten: trod a measure* (V, 4, 44), also eigentlich ›einen Tanz (im strengen Maß des Rhythmus) geschritten‹. – Wohl kein Fehler Wielands (wie AA meint), sondern bewußte Änderung im Sinne von *müßig auf den Gassen herum gehen* (Adelung). In 128,13f. überträgt er den Ausdruck *to th' measures fall* (V, 4, 178) richtig mit *fangt den frölichen Tanz an.*

123,26 *siebende Ursache:* Bezieht sich auf die in einem zeitgenössischen Buch über Duelle (siehe nächste Anmerkung) beschriebenen Formalitäten.

125 Fußnote: Saviolo, Vincentio: *His practice. In two books. The first intreating in the use of the rapier and dagger. The second, of honour and honourable quarrels.* London 1595 (der zweite Teil mit der Jahreszahl 1594). Wielands Fußnote ist ein Auszug aus Warburtons langer Anmerkung.

Nicht übersetzt sind:

53, nach 2	II, 5, 35-42
62, nach 15	II, 7, 174-193
67, 26	III, 2, 76-83
68, nach 20	III, 2, 101-106
69, nach 2	III, 2, 115-120
69, nach 7	III, 2, 122-151
69, nach 18	III, 2, 158f.
70, 10	III, 2, 165-167
71, nach 21	III, 2, 195-207
83, nach 19	III, Szene 3 (Warburtons Szene 10 wird bei Wieland zu Szene 9 usf.)
88, 32	III, 5, 50
105, nach 17	IV, 2, 10-19
114	V, Szene 1 (Warburtons Szene 2 wird bei Wieland zu Szene 1 usf.)
120, nach 19	V, Szene 3 (= Warburtons Szene 4, dessen Szene 5 wird bei Wieland zu Szene 3 usf.)
126, nach 12	V, 4, 105-114
127, nach 5	V, 4, 124-145
127, nach 8	V, 4, 148f.
129, nach 13	V, 4, 198-220 (Schlußrede der Rosalinde)

INHALT

Zur Neuausgabe von Wielands Shakespeare

Wielands Übersetzung bietet dem Leser Überraschung und Amüsement bis auf den heutigen Tag: Sie ist in vielem genauer als Schlegel und Tieck, die sich im übrigen fleißig bei Wieland bedient haben.

Wielands Prosa stand nicht unter dem Zwang zur Metrik. Sprachlich ist sie von unübertroffener Komik und zudem überaus spannend, zum einen, weil der Sprachfluß natürlich und lebendig wirkt, was besonders Schauspieler gelegentlicher Aufführungen dieser Fassung bezeugen. Zum anderen hat Wieland, orientiert an Shakespeares Wortgewalt, viele bis dahin ungebräuchliche Wortbildungen ins Deutsche eingeführt und damit die Entwicklung unserer Sprache nachhaltig beeinflußt. Viele seiner Wortschöpfungen leben weiter, ohne daß jemand an Wielands Urheberschaft denkt. **Clown**, **Peer**, **Spleen**, **Steckenpferd**, **Abschiednehmen**, **Kriegserklärung**, **Liebeswut**, **Milchmädchen**, **Schafsgesicht** zum Beispiel hat uns Wieland, Shakespeare sei Dank, geschenkt.

Unsere Neuausgabe, die *Zweite Zurcher Ausgabe*, folgt getreu der Ersten Zürcher Ausgabe von 1762–1766 und bereinigt lediglich eindeutige Druckfehler. Die »Notitzen zum Text« im Anhang enthalten in knappster Form Worterklärungen, die Rechtfertigung heute ungewöhnlich erscheinender Lesarten und Hinweise auf Übersetzungsfragen.

Die wissenschaftliche Literatur wurde dabei konsultiert.

Hans Radspieler,
Zur Neuausgabe von Wielands Shakespeare

SHAKESPEARE[S] THEATRALISCHE WERKE

IN 21 EINZELBÄNDEN
ÜBERSETZT VON

Christoph Martin Wieland

ZWEITE ZÜRCHER AUSGABE
NACH DER ERSTEN ZÜRCHER AUSGABE
VON 1762 BIS 1766
NEU HERAUSGEGEBEN VON
HANS UND JOHANNA RADSPIELER

1. BAND *Ein St. Johannis Nachts-Traum*
2. BAND *Das Leben und der Tod des Königs Lear*
3. BAND *Wie es euch gefällt; oder, die Freundinnen; ein Lustspiel*
4. BAND *Maaß für Maaß; oder: Wie einer mißt, so wird ihm wieder gemessen. Ein Lustspiel*
5. BAND *Der Sturm; oder: Die bezauberte Insel*
6. BAND *Der Kauffmann von Venedig*
7. BAND *Timon von Athen*
8. BAND *Leben und Tod des Königs Johann*
9. BAND *Julius Cäsar, ein Trauerspiel*
10. BAND *Antonius und Cleopatra, ein Trauerspiel*
11. BAND *Die Irrungen, oder die doppelten Zwillinge, ein Lustspiel*
12. BAND *Leben und Tod Königs Richard des zweyten. Ein Trauerspiel*
13. BAND *Der Erste Theil, von König Heinrich dem vierten; Mit dem Leben und Tod von Heinrich Percy, genannt Hot-Spur*
Der Zweyte Theil, von König Heinrich dem vierten; der seinen Tod, und die Crönung von Heinrich dem fünften enthält
14. BAND *Viel Lermens um Nichts. Ein Lustspiel*
15. BAND *Das Trauerspiel, vom Macbeth*
16. BAND *Die zween edle Veroneser. Ein Lustspiel*
17. BAND *Romeo und Juliette. Ein Trauerspiel*
18. BAND *Othello, der Mohr von Venedig. Ein Trauerspiel*
19. BAND *Was ihr wollt. Ein Lustspiel*
20. BAND *Hamlet, Prinz von Dännemark. Ein Trauerspiel*
21. BAND *Das Winter-Mährchen. Ein Lustspiel*

GUSTAVE FLAUBERT

IM

HAFFMANS VERLAG

Die Briefe an Louise Colet

Mit allen erhaltenen Briefen
und Tagebuchnotizen
von Louise Colet an Gustave Flaubert
und einem Vorwort
von
JULIAN BARNES

AUS DEM FRANZÖSISCHEN UND
MIT ANMERKUNGEN
VON
CORNELIA HASTING

»Ein Zeugnis von
Leidenschaft und Abwehr.«
Der Spiegel